「この糸飴が冷えて固まったら、
さっき作ったデザートの上にふわっとのせれば、
〝タンバルエリゼ〟の完成!!」
強いて言うならタンバルエリゼ風だけど、
まぁいいでしょう。
聖女じゃなかったので、王宮でのんびりご飯を作ることにしました
seijo ja nakattanode, oukyu de nonbiri gohan wo tsukurukotonishimashita
11

フェリクスの番・王竜

野原莉奈《のはらりな》
莉奈の番・碧空の君
「風が気持ちいい」

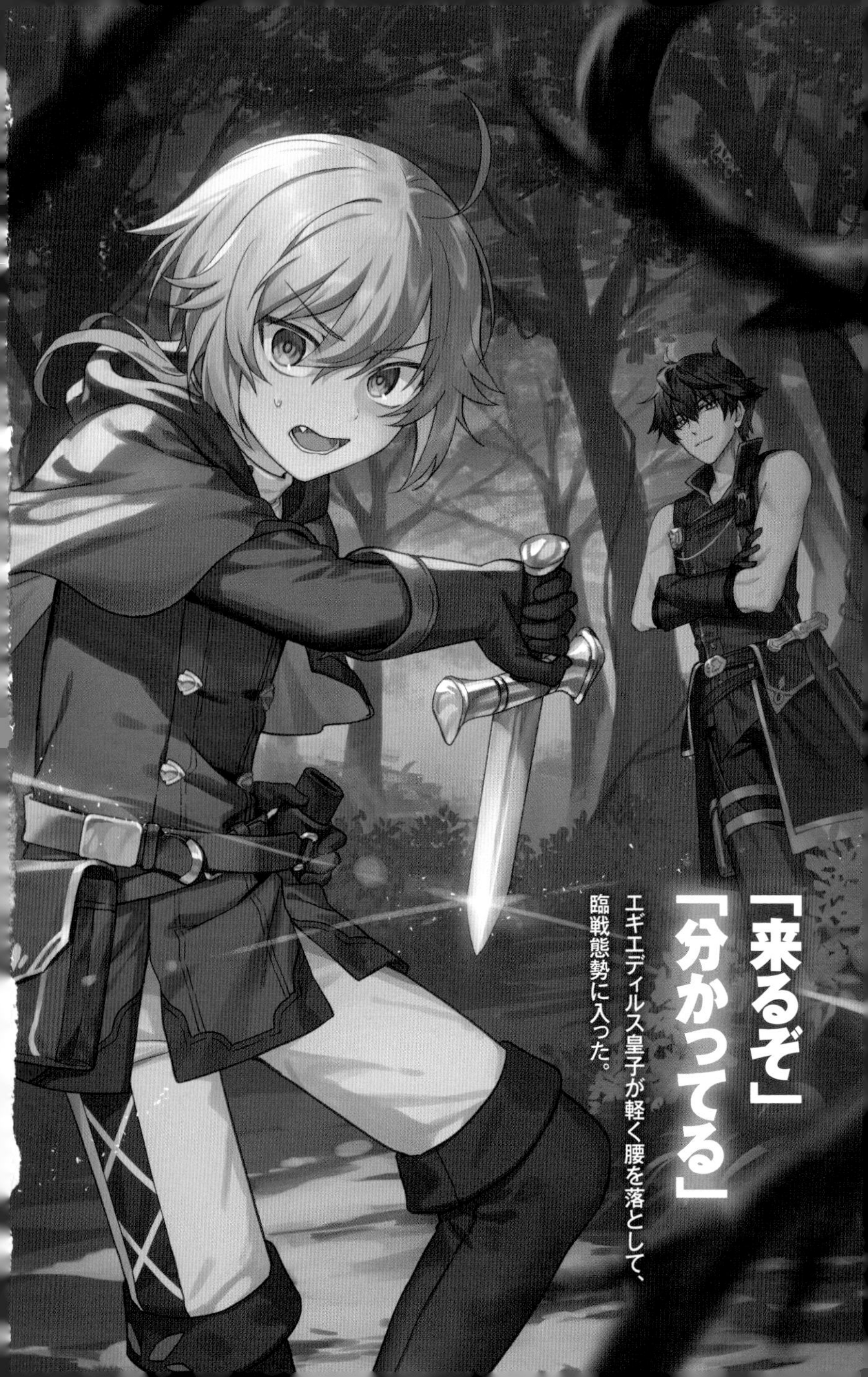
「来るぞ」
「分かってる」
エギエディルス皇子が軽く腰を落として、
臨戦態勢に入った。

# 聖女じゃなかったので、王宮でのんびりご飯を作ることにしました

seijo ja nakattanode, oukyu de nonbiri gohan wo tsukurukotonishimashita

11

神山りお
ill. たらんぼマン

口絵・本文イラスト
たらんぼマン

装丁
木村デザイン・ラボ

# 第1章　大変な作業の予感

莉奈《りな》が食べるかどうかはさておき、自身の大好物であるミルクワームをくれた碧空《へきくう》の君。

その彼女に一応お礼をと、白竜宮《はくりゅうきゅう》に来てみれば、件のミルクワームが彼女の口元でグネグネと動いているではないか。

気持ち悪……じゃなかった。食事中に邪魔してもと、莉奈は宿舎を後にした。

「ヤッホー、リナ」

気分転換に白竜宮の厨房《ちゅうぼう》に来てみれば、料理人サイルが弾ける笑顔で歩み寄って来た。

今の時間なら夕食の準備で忙しいのに、扉からそっと覗《のぞ》いただけでよく気付いたなと、莉奈は苦笑いしつつも感心した。複雑な心境だ。

何を作っているのか興味があった莉奈は、邪魔にならないようにしながら厨房に入った。

白竜宮は軍部だから、力を付けるために肉系が多く出る。

夕食にも肉料理を作っているみたいだった。

「夕食は何？」

「ロックバードとブラッドバッファローのカツ」

「イイね。カツ」

今夜は銀海宮《ぎんかいきゅう》でなく、白竜宮で夕食にしてもいいかなと莉奈は思いを巡らせた。

千切りキャベツにチキンカツ。そこにたっぷりのタルタルソース。少し醤油《しょうゆ》を垂らして味変したり、熱々の白飯と一緒に口に入れてハフハフしたり。

味噌汁《みそしる》がないのは致し方ないけど、潮汁《うしおじる》ならある。玄米茶と糠漬《ぬかづ》けモドキを添えれば、立派な定食の出来上がりである。

莉奈の頭の中は、揚げ物定食でワクワクし始めていた。

そんな莉奈の横では、サイル達が首を傾げていた。

「だけど、ロックバードはともかくとして、ブラッドバッファローにタルタルソースは何かピンとこないんだよなぁ」

「鶏肉とエビには最強のタルタルソースなのにな。まぁ合わない事はないけど、コレだ！　とも違う」

「塩や醤油は合うけど、他に何かないのかなと皆で今話してたとこ」

確かにタルタルソースは、チキンカツとかエビフライとは抜群に相性がイイ。しかし、トンカツやビーフカツに付けて食べるイメージはない。

なるほど……と莉奈が頷《うなず》いていると、皆の熱い視線と交差した。

「醤油でイイんじゃない？」

「そうなんだけど、何かない？」

熱視線が再び莉奈に向けられた。

これはもしかしなくても、作って欲しいという事だよね？

「すぐに出来ないよ？」

マヨネーズならともかく、莉奈の考える調味料はすぐには無理だ。

だってこの世界は、時短出来る材料も道具もないから、それなりの時間と労力が必要である。

「それは覚悟の上だよ」

「そうそう。半日くらいは覚悟してる」

手間暇が掛かると察した皆は、莉奈の言葉に笑っていた。

莉奈が作ってくれる料理に触れ、知識を付けた料理人達は、莉奈の教えてくれる物が簡単な物だけでないと理解していたからだ。

その笑顔もすぐに消える事になった訳だが……。

「え、二日くらい掛かるよ？」

「「「……え⁉」」」

「二日」

「「「……」」」

まさか今日中ではなかったのかと、皆は絶句していた。

マヨネーズみたいに大変だけど、小一時間もあれば出来るかな～？　ぐらいの認識だったのだ。

多く見積もっても半日という想定。なのに答えはまさかの二日だった。

「塩で我慢したら？」

高級な魔物肉なんだし、塩で十分美味しいハズ。

ワサビがあれば本当はイイんだけど、ホースラディッシュで代用すれば充分だ。

固まってしまった皆を見て、莉奈は苦笑いしていた。


だが、料理人たちがそんな顔をしていたのはほんの一瞬だった。

「今日はチキンカツとエビフライにして、ブラッドバッファローは明日にすればイイか」

と言うものだから、莉奈は苦笑いのまま固まった。

そうだ。魔法鞄《マジックバッグ》にしまっておけば、いつでも揚げたてそのままだもんね。準備は無駄になる事はないので、諦《あきら》める必要などなかった。

「二日掛かってもイイんだ？」

「「「うん‼」」」

大変なんだよねと、笑顔に含めたつもりだったが、皆には関係ないらしい。

莉奈は工程を知っているがために、作る前からゾッとしてしまった。

言わなきゃ良かったなと。

「あ〜んじゃ、リックさんも呼んで来るよ」

どうせ出来たら出来たで「どうやって作るんだ？」と訊《き》かれるのは分かっている。

また一から工程を説明するのは面倒だし。人手もあった方がいいだろう。

「あ、俺が呼んで来るよ。黒狼の所からも人手を借りて来る」

手が空いたサイルが進んで挙手してくれた。

どうせならと、魔法省からも呼んで来るらしい。

「黒狼宮《こくろうきゅう》に行くなら、ついでに香辛料も貰《もら》って来て欲しいな。今ちょっとメモするから」

「イイけど……うわ、スゴい種類と量だな」

「どうせなら、いっぺんに作った方がしばらく作らないで済むよ？」

「うん、まぁ……うん」

手持ちの分では足りないと、莉奈に渡されたメモを見て、サイルは苦笑いが止まらない。

シナモン、タイム、クローブ……軽く見てもザッと五種類は書いてあったのだ。莉奈が作ろうとしているモノは何だろうか。

サイルはメモを見ても、全く想像が出来なかったが、人手は多い方が良さそうだなと思ったのであった。

◇◇◇

「相変わらず酔ったんだね」

時短のため、瞬間移動《テレポート》の間《ま》の使用許可を得てからサイルは行ったらしく、それを使って来たリックス料理長とマテウス副料理長の顔が真っ青だった。

莉奈は全然酔わないが、アレを使うと大抵の人はこうなる。

気分を一新させるため、二人にククベリーの炭酸割りを出してあげたら、炭酸水の様に弾ける笑顔に変わった。

「うっまぁ‼　ククベリーってホント美味しいですよね？」

「あぁ。今まで見向きもしなかったのにな」

「今まで身近にあり過ぎて、興味が薄れていたんでしょうね」

身近にあったが見向きもしなかったククベリーの価値を改めたらしく、最近はククベリーの栽培を始める農家も多くなったとか。

このまま定着するのかな。庭になる果実って、意外と食べなくなるんだよね。また、そうならなきゃイイけど。

「何か新しい調味料？　を作るとかって聞いたけど？」

気分がスッキリしたリック料理長が、気を取り直して訊いた。

「え？　あぁ、〝地獄の調味料〟の事？」

「「え⁇」」

「「じ、地獄の調味料⁇」」

莉奈が乾いた笑いを漏らしながら言えば、リック料理長だけでなく、聞いていた皆が時を止めていた。

そんな事さっきは言ってなかったのに、何だそれは。〝地獄〟とは穏やかではないではないかと。

「カ、カロリーが高いのか⁉」

「使うと太るのか⁉」

厨房が一気にザワついた。

悪魔のパン、またの名を罪悪のパンを思い出したのか、リック料理長は咄嗟《とっさ》にお腹を押さえていた。

「太るかはしらんけど、工程が地獄なんだよ」

だって、便利道具がないんだもん。ミキサー、フードプロセッサー、電子レンジ。

それらがあれば、何作るにも手間が吹き飛ぶのに、ないから全部手作業だ。面倒を通り越して地獄だよね？

「「あ〜そっちの地獄」」

まだ工程を教えてもいないのに、皆の顔から表情が抜けていた。

料理好きだとしても、何でも一からなんて嫌になる。物事には限度があると思う皆だった。

「さてと」

莉奈は周りを見渡した。

リック料理長やマテウス副料理長だけでなく、銀海宮と黒狼宮からそれなりの人数が来た様だ。

となれば、やるべき事は一つ。

「という事で〝第三回玉ねぎスライス競争〟を開催したいと思います‼」

「「えーーーーっ⁉」」

莉奈がそう宣言した途端、皆の絶叫が厨房に響き渡っていた。

あの地獄、三たびである。

玉ねぎスライスだけで終わる訳がない。絶対にその後、地獄の罰ゲームが待ち構えている。想像でもしたのか、皆の魂が抜け始めていた。

「まぁ、今回も優勝者にはデザートでも――」

「「デザート‼」」

莉奈が作ってあげようと言うまでもなく、現金な皆は速攻食い付いていた。

キミ達のそういう所、嫌いじゃないよ?

「玉ねぎは、今日は少なめの１００いってみようか！」

「「「いってらっしゃいませーー‼」」」

アレ？　一瞬少ないぞと思ったのもつかの間。これから誰かがやるだろう罰ゲームの大変さを想像したら、口から出たのは訳の分からない返事だった。

そんな料理人達の返答に、莉奈は目を丸くさせるのであった。

◇◇◇

――コンコンコン。

「グスッ。頑張ってーっ！」

「目がぁ～っ」

「負けるなぁ！　ひっく」

白竜宮の厨房《ちゆうぼう》では異様な光景が広がっていた。

玉ねぎを切れば、もれなく付いてくるのが涙だ。

勝ちたくて必死だが、その必死な形相で泣いているから、作業をする料理人達の表情が可笑しな事になっている。

毎回笑っちゃいけないなと思いつつ、つい面白くて笑ってしまう。

玉ねぎを切っても涙が出ない場合って、包丁の切れ味がいいと涙が出にくいとか、舌を出しながら切るといいとか聞いた事はあるけど、眉唾物《まゆつばもの》が多いんだよね。

莉奈的には、電子レンジで温めちゃうのが一番だと思うけど、ないから気合いで頑張れとしか言いようがない。

「リナ、お前は何をしてるんだ？」

莉奈の行動を不審に思った料理人の一人が、莉奈に声を掛けてきた。

何故なら、そんな皆をよそに、莉奈は冷蔵庫をカパカパ開けたり、食料庫を見に行ったりしていたからだ。

「ご褒美のデザートは何にしようかなと？」

断じて遊んでいる訳ではない。

「あぁ‼　何にするの？」

莉奈が説明すれば、納得したようだ。

だが、次に気になるのは何にするのかという好奇心だ。

「……決めてない」

一瞬、例の黒糖タピオカでイイかな？　と思ったのだが、エギエディルス皇子にあげる分も、ついでに作っておこうという考えが頭を過ったのだ。

なら、スライムはダメだ。だって牢屋《ろうや》行きだから。

「簡単で美味しい物がイイよね」

莉奈は何にしようかなと、エギエディルス皇子の喜ぶ顔を想像しながら、考えるのであった。

莉奈がエギエディルス皇子の喜ぶ顔を想像していると、玉ねぎスライス競争は終わりを迎えていた。

――結果。

勝ったのはリック料理長率いるチームの様だった。

宮ごとに分かれるのは戦力が偏ると、リック料理長、マテウス副料理長、サイルをチームリーダーにして編成したらしい。

リック料理長が来た銀海宮はともかく、黒狼宮の人達は手の空いている人が来ていたから、確かに宮ごとにすれば戦力が偏る。

という事で、相談の結果。上手くバランスをとったらしい。

勝てたリック料理長は嬉《うれ》しそうだ。

初めての玉ねぎスライス競争の時にリック料理長は負けていたから、余計かもしれない。

負けたチームが嘆いている中、勝ったチームが満面の笑みで莉奈を見た。

「「「ご褒美は？」」」

「まだ、何も考えてもいないよ」

だって、その調味料をどう分配して作ってもらうか考えていた。

玉ねぎをスライスして、ハイ終わりではない。こんなのまだ序の口だ。

「「えーーっ⁉」」

「えーって、まだやる事が山ほどあるんだよ。とりあえず、最下位チームはその玉ねぎを、例のごとく茶色になるまで炒《いた》めて」

「「ふぇーーい」」

そう言えば、最下位チームが玉ねぎスライスを手に、大鍋《おおなべ》に向かって行った。

やはり、あの大釜《おおがま》で一気に炒める気のようだ。

アレは、効率が良いのか悪いのか、莉奈は未だによく分かっていない。

「もう片方のチームは、これから言う食材を細かく……角切りにして」

「「はーーい」」

「トマト、ニンジン、セロリ……」

「待って待って！」

「トマト、ニンジン？」

「トマト、ニンジン、セロリ、リンゴ、ニンニク……」

「え？　え？　それいくつ⁇」

何か種類が多くないかなと、皆がザワつき始める。

野菜どころか、果物まで入っている。あの玉ねぎの数に対して、一個ずつなんてある訳がないから、負けたチームはゾッとし始めたのだ。

だが、そんな皆をよそに莉奈は頭で計算していた。少量なら経験でザッと分かるが、大量のレシピは計算しないと出てこない。

「えっと……トマト300、ニンジン100、セロリ50？」

「えぇ⁉」

「さ、300⁇」

「だって、玉ねぎは1000だったよね？」

「うん。リンゴは200」

「え、リンゴは200⁇」

「リナ、数がオカシイ。後、ニンニクとホースラディッシュは……」

「オカシクない。オカシクない⁇」

「「罰ゲームの量がエゲツないんですけどーーっ⁉」」

莉奈の言った〝地獄の調味料〟の地獄が、今まさに始まったのである。

玉ねぎのスライス競争なんて可愛いものだった。負けたチームに絶望感や悲壮感が漂う。

口をあんぐり開けるばかりで、迫る現実を受け入れられていなかった。

「まぁ、そっちは切るのが罰ゲームだから」

「「「……」」」

「切ったら香辛料を入れて、後は皆で交代で炒めて……煮れば今日の調理は終わりだよ」

莉奈が今日はと言うのだから、明日も何か工程があるという事だ。

皆は頬を引き攣らせていた。そして、恐る恐る訊《き》いてみる。

「「「今日の調理？」」」

「「「明日も何かするの？」」」

「するよ？　多分……明日の方が地獄？」

「「「……」」」

そうか、これは地獄ではないのか。私達は地獄の門を開いてしまったらしい。

もうこうなると、塩でイイやなんて言えない。

地獄の先に見える光を求め、虚空を見る皆なのであった。

◇◇◇

「ご褒美を作るなら、何か手伝うよ？」

普通なら、優勝チームは手伝わなくていいのだが、そこはワーカホリックなリック料理長。

莉奈がヒッソリ作り始めたデザートに、興味津々の様子である。

「なら、卵を何個か割って卵白の方は一旦《いったん》冷凍庫に入れといて？」

「え？　凍らせるのかい？」

「違うよ。多少凍るくらい、キンキンに冷やしておくだけ」

「アイスクリームを作るのか？」

卵をキンキンに冷やすと聞いたリック料理長は、冷たいお菓子かなと考えた様だった。

「違う。冷やしておくと泡立ちが良くなって、メレンゲが作りやすいの」

「ん？　メレンゲが作りやすい？」

「そう」

莉奈がそう説明したら、リック料理長は首を捻《ひね》っていた。

「アレ？　前にメレンゲクッキーとか作った時には、普通に泡立ててなかったか？」

「あ〜、良く覚えてるね。お菓子作りにテンションが上がって忘れてただけ」

そうなのだ。

メレンゲクッキーの時は久々で忘れていた。エギエディルス皇子のお祝いの時は、彼の喜ぶ顔とケーキ作りにテンションが上がって、つい普通に作ってしまったのだ。

シャーベットくらいに卵白を冷やしておくと、数分くらいで泡立つから、あの時こそやれば良かった。後悔先に立たずである。

「あはは」

リック料理長は笑っていた。

そんな些細《ささい》な事より、簡単な方法があったのかという驚きの方が強かった。

料理もそうだが、全てを完璧《かんぺき》に覚えているなんて無理だ。うろ覚えの方が多い。

しかも、専門家でさえ間違いや勘違いもあるのだから、素人ならあって当然である。

「なら、それは冷やした後、メレンゲにすればイイんだな？」

「だね～」

リック料理長は莉奈の話を聞きながら、一緒に卵を割り始めた。

「お菓子作りって、なんか楽しいんだよな」

「分かる～」

普通の料理作りとはまた違った感覚が、面白楽しい。

ただ、お菓子作りは工程が大変な事が多くて、イヤにもなるけど。

「卵白を冷やしている間に、卵黄に牛乳とふるった薄力粉を入れてよく混ぜておく」

本当はここにベーキングパウダーを入れたいところだけど、ないから仕方ない。メレンゲをしっかり立てておけば、同じようにふんわりになるから、リック料理長にも気合いで頑張ってもらおう。

「では、冷やしておいた卵白は、砂糖を何回かに分けて加えながら、ラナが怒った時に生えるツノみたいに、しっかり泡立てる」

「……そ、その表現ヤメてくれ」

しっかり固めのメレンゲにしなくてはならないから、冷凍庫からキンキンに冷えた卵白を取り出しながらそう言えば、リック料理長の表情が曇っていた。

怒ったラナ女官長を思い出した様だ。

「あ、メレンゲで思い出した。メレンゲで作ったマヨネーズ、面白かったよ」

「面白いし、美味しかったよな」

銀海宮で話したメレンゲ入りマヨネーズが、こっちの白竜宮にも広がっていたらしい。

ご褒美待ち組が夕食の準備をしながら、そう言っていた。

機密情報はさすがに広がらないけど、こういう情報や莉奈のやらかしなんてあっという間に広がる。

「そのマヨネーズ、パンにのせて焼いて食べてみた？」

「「「やってない‼」」」

「大きめのパンにマヨネーズで土手を作って、その真ん中に生卵をのせる。好みでさらに、粉チーズを振って焼くと美味しいよ？」

「「「マヨネーズを塗るんじゃなく？」」」

「たっぷりのっける」

だから、〝塗る〟ではなく〝のせる〟である。

塗るなんて可愛い量ではないからね。

「何それ～⁉」

「超旨そうなんですけど⁉」

「夕食のパン、それも作っちゃおう」

「「「おーーっ‼」」」

新たな楽しみに、皆は湧き上がりを見せていた。

マヨネーズ好きには堪らないパンだろう。焼いたマヨネーズって、酸味が少しマイルドになって美味しいのだ。

しかし、タルタルソースもそうだけど、卵のソースに卵の組み合わせって面白いよね。だけど、最強のコンビネーションだ。

「リナ」

「ん？」

「悪リナに変わってるぞ？」

莉奈のその笑みで、絶対太る食べ物だと、リック料理長は悟ったのだった。

これでどうだ？　とリック料理長が見せてくれたメレンゲは、ボウルを逆さにしても少しも揺るがない。衝撃の固さのメレンゲである。

「ものスゴい固さ。完璧過ぎて、ラナの怒りを感じる」

「ヤメてくれ」

リック料理長が、ここにはいないハズのラナ女官長に怯《おび》えていた。

その怯えた姿に、皆は苦笑いが漏れていた。

「で、そのメレンゲを少し掬《すく》って、さっき白い粉を混ぜた卵黄に入れ、よく混ぜる」

「「「白い粉」」」

耳だけこちらを向けていた罰ゲームチームが、莉奈の言い方に一斉に振り返っていた。色々な意味で気になるみたいだ。

「混ざったら残りのメレンゲを入れて、泡を潰《つぶ》さないように全体をふんわり混ぜる」

「この混ぜる感覚、やっぱり好きだなぁ。堪らない」

「多少、混ざりきらなくても大丈夫だよ」

「了解」

リック料理長が生地を混ぜながら、嬉《うれ》しそうな表情をしていた。

お菓子作りでしか味わえない、独特な感覚だよね。

「ちなみにコレ、スポンジケーキと作り方とか似てるけど、スポンジケーキとは違うのかい？」

「似てるけど違うね」

言われてみれば、材料も作り方もほとんど同じだ。

シフォンケーキ、スポンジケーキ、そして今作ろうとしているコレ。基本的な材料や作り方は一緒なのに、似て非なる物だよね。

料理って奥が深くて、とても不思議だ。

「生地が出来たらフライパンに油をひいて、この生地を手の平サイズくらいにこんもり盛る」

「スポンジケーキみたいに、全部は入れないんだな」

「だね」

スポンジケーキを焼いた時みたいに、フライパンに生地をたっぷり入れて焼いてもいいけど、焼く方法が変わるのと、やたら時間がかかると説明した。

リック料理長が、応用や他のやり方を知りたそうな表情をしていたからだ。本当に勉強家である。

シュゼル皇子のチョコレートに対する熱意に近いものがある。

「生地を入れたら、フライパンの縁から熱湯を少し入れて蓋《ふた》を閉め、弱火で数分間蒸し焼きにする」

「なるほど、蒸し焼きか！」

こんな厚さのある生地にどう火を通すのかと思ったら、オーブンではなく蒸し焼きだと聞き、リック料理長は納得した様子だった。

ちなみに、慣れたら熱湯なしで焼く事も出来る。

注意点は必ず弱火にすること。後は蓋が必須《ひっす》な事だけ。

「片面が焼けたら、ひっくり返してまた蒸し焼き」

「リリアンにやらせたら、平たく潰れるな」

莉奈に教わりながら、リック料理長が呟《つぶや》いていた。

リリアンは基本的に大雑把。オマケに豪快な性格だ。

力加減も知らないから、このふんわりした感じが、ペラッペラになってしまうだろう。そうなると、必死に泡立てたメレンゲの意味がない。

「両面焼けたら平たいお皿に盛るよ～」

二個くらいのせた方が、なんとなくオシャレに見えるよね？

というか、シュゼル皇子は一つじゃ足りないとか言いそう。口ではなく目でだけど。

「生クリームと好みのジャム、後は〝白い粉〟をかければ〝パンケーキ〟の完成‼」

莉奈が作っていたのは、そう〝パンケーキ〟である。

そのパンケーキの周りに、切った果物を散らしたり生クリームを添えたりすれば、見た目にも鮮やかに。そして最後に、表面が薄っすら茶色に焼けたパンケーキの上に振りかけた〝白い粉〟が粉雪のようで、綺麗《きれい》で華やかだけど上品な仕上りになったと思う。

「「「パンケーキ‼」」」

「「「白い粉⁉」」」

出来上がったパンケーキに一同釘付《くぎづ》けだったが、莉奈が魔法鞄《マジックバッグ》から取り出して、最後に振りかけた〝白い粉〟に眉根《まゆね》が寄っていた。

「なぁ、リナ」

「何？」

「この白い粉は何⁉」

莉奈が手に持つ白い粉が入った瓶を、リック料理長は凝視していた。

小麦粉や片栗粉ではなさそうだが、塩でもない。

リック料理長の頭の中は、クエスチョンで溢《あふ》れていた。

「あぁ、コレ？　〝ふんとう〟」

「〝ふんとう〟？」

「ザックリ言うと、粉状にした砂糖だよ」

ここには粒子の粗い砂糖しかないから、莉奈が自分で作ったのである。

お菓子に粉糖をかけるだけで、オシャレで華やかに見えるからだ。

「粉状にした砂糖」

莉奈から受け取った瓶を、マジマジと見て目を見張っているリック料理長。

砂糖をさらに粉にする発想がなかったらしい。

「粉糖は湿気を吸いやすいから、保存するならコンスターチを混ぜるか、魔法鞄《マジックバッグ》にしまっておいた方がいいよ？」

莉奈はそう説明して一瓶、リック料理長に手渡した。

ただでさえ、湿気を吸いやすいのが砂糖なのだが、粉状にするとさらに湿気を吸収しやすい。だから、何もしないで置いておくとガチガチに固まる。

「コレ、どうしたんだ？」

「え？」

「どうやって手に入れたんだ？」

「手に入れ……ん？　作ったんだよ？」

「え、作った⁉」

「うん」

粉糖のことは見たこともなければ存在さえ知らなかった。なのに普通にあるから、どうしたのかと莉奈に訊《き》いたら、作ったと言う。

そんな事をサラッと言う莉奈に、皆は驚愕《きょうがく》していた。

「作ったってどうやって？」

「えっと、石臼《いしうす》？」

「……石臼⁇」

「うん。石臼でゴリゴリと？」

石臼なんか王宮にあったのか？　と皆の頭はクエスチョンマークでいっぱいだ。たとえあったとしても、使う機会も発想もないが。

「石臼なんてどこにあったんだ？」

「なんか……部屋にあった？」

「「石臼が⁉」」

シュゼル皇子が勝手に置いて……くださった石臼《モノ》。

だが、事情を知らない皆は、どうして石臼が莉奈の部屋にあるのか謎しかなかった。

莉奈も石臼を見た時、唖然《あぜん》となったが好奇心がうずきもしたのだ。

そこで、まったく使い方を知らない莉奈は試しにと、砂糖を入れてゴリゴリしてみたら、この粉糖が出来た訳だ。

すり鉢や薬研でも出来るけど、石臼があったから石臼でやってみた。コレでやると、一気に石器時代にタイムスリップしたようで面白かった。

まぁ、面白いのは初めの内だけだったけど。後は重いし疲れるしで、二度とやりたくない。

アッチの世界なら普通に買えるし、フードプロセッサーやミキサーを使えば簡単に作れるのに……この世界は何をやるのも地獄だ。

「お前、それ夜中にやらなかったか？」

話を聞いていたマテウス副料理長が、それで何かに気付きハッとした様だ。

「やったかも？」

思い立ったが吉日だから、夜中にやり始めた気もする。

莉奈は首を傾げていた。

「やっぱり。だから、侍女達が『夜中に変な音がする』って怯えていたのか」

マテウス副料理長が、笑うような眉間《みけん》にシワを寄せるような、なんとも言えないような表情をしていた。

謎が解けて、ホッとした様子も混じっていた。

どうやら、莉奈の部屋からゴリゴリと響く怪音に、ラナ女官長達が怯えていたらしい。

そりゃあ、夜中に聞いた事のない奇妙な音が響けば、震えるよね？

人が寝静まった夜は、雑音がなくなるから、あの低い音は余計に響く。

包丁を研ぐ音も怖いけど、何かを石で擂《す》る奇怪な音も怖い。昼間に聞くのと夜中に聞くのでは、まったく違う。

原因が分からないのであれば、まさにホラーである。

碧月宮《へきげつきゅう》の七不思議になるところだった。

聞けば答えたのにと、莉奈は一人笑っていたのであった。


「何これ⁉　スゴいふわっふわ‼」

「前に食べた苺《いちご》のケーキも美味しかったけど、こっちも美味しいわ‼」

「ナイフを入れた瞬間から、ふわっとしてるな」

「口の中が幸せ〜！」

「「「歯がいらな〜い‼」」」

優勝チームのご褒美タイムになったはいいけど、歯がいらないって表現はいかがかと思う。

しかし、メレンゲをしっかりと泡立てたおかげで、ベーキングパウダーなしでも厚みが出てふわふわだ。３センチ位の厚みなら上出来でしょう。

甘酸っぱいジャムに濃厚な生クリーム。そして、ふわっふわの甘いパンケーキが口いっぱいに広がれば、至福のひと時だ。

少し苦めの紅茶が、これに良く合う。

パンケーキの上で寝たら、気持ち良さそうだなと、莉奈はまったりしていた。

「リナ。まったりしてるとこ悪いけど、アレは後どうするの？」

玉ねぎも炒まり、野菜も各種切り終えたらしく、訊きに来た料理人はヘロヘロだった。

「モグモグモグ」

「無視するのヤメて」

「モグモグしながら、こっち見てこないで」

パンケーキを頬張った瞬間に訊かれても答えられない莉奈は、目を見たまま無視するしかなかった。

「二口目に行く前に教えて」

さらに無視してパンケーキを頬張ろうとした莉奈を、料理人は止めた。

この見つめられた状態でパンケーキを食べられたら、もはや拷問である。

「んじゃ、とりあえず。炒《いた》めた玉ねぎに切った野菜とか全部ブッコんで、たっぷりの水で一時間くらい煮て」

「一時間煮ればイイんだな？」

「だね。その後は――」

こうなったら全部説明してしまえと、莉奈は魔法鞄《マジックバッグ》からサイルに持ってきてもらった香辛料を次々と取り出し、空いていた隣のテーブルに置き始めた。

シナモン、ナツメグ、唐辛子代りのハバチョロ、クローブ、オールスパイス……。

「「「え？　え⁇」」」

次々と取り出していく莉奈に、皆は困惑顔をし始めていた。

さっき切った食材も量も種類も半端なかったが、香辛料の種類も半端ないのだ。冗談だよね？と言いたくなるくらいに、広いテーブルにドカドカと袋ごとのっかっていた。

驚愕どころか唖然とする料理人達。だが、莉奈の手はまだまだ止まらない。

セージ、タイム、クミン、カルダモン……。

「最後に、ローリエと」

カサカサッと音がするローリエ入りの袋を取り出し、莉奈はふぅと一息吐いていた。

専門店やこだわりの店、あるいは工場でない限り、こんな量で作らないだろう。香辛料を魔法鞄《マジックバッグ》から取り出すだけでも、一苦労であった。

「「「……」」」

ご褒美組もその量と種類に、食べる手を止めて唖然となっていた。

玉ねぎ競争だけで済むなんて甘かった。勝って良かったと心底思う勝ち組なのであった。

負け組は目を丸くさせながら、現実と向き合っていた。

「何コレ？」

「後から入れる香辛料だよ。あの野菜を一時間煮たら、今度はこの香辛料と調味料を……」

さらに調味料も出し始めれば、広いテーブルに隙間なく埋まっていった。

「調味料は醤油《しょうゆ》、砂糖、塩。コレを全部入れて、さらに三十分」

「「「……」」」

「三十分経ったら、最後にお酢をドバドバと。で、一煮立ちさせたら……今日の作業は終わりだよ」

「「「……」」」

「分かった？」

教えてと言われたからざっと説明したのだけど、皆から返事はなかった。

それどころかテーブルを見たまま、頬が引き攣りまくっている。

まだ、こんなに入れるモノがあったのかと。

確かに、説明を聞いていると工程自体は難しくない。だが、材料の数が半端なさ過ぎて少し、いやかなり現実逃避中なのであった。

皆が唖然としている中、リック料理長はパンケーキを頬張りながら、フと思っていた。

莉奈は今までずっと、料理人達の事を考えて料理してくれていたのではないかと。

初めからこの料理もやろうと思えば出来たのに、莉奈はあえて〝簡単〟な料理から教えてくれていたのでは？　と思うのだ。

初めて会ったあの時の皆は、莉奈にしたらまだ初心者だ。

そんな料理人達に、いきなりアレコレ教えるのは、教えるのも教わる方も難しい。だから、初めは簡単な料理やアレンジを教え、徐々に難しい料理を教えてくれている……そんな気がしてならなかった。

莉奈が初めて来たあの時に、工程が多くてやり方の難しい料理ばかり作っていたら、楽しさを覚える前に心が折れていたかもしれない。

だから、あえてまずは身近なパンやスープ、簡単なデザートから教えてくれたのではないだろうか？

面倒くさがりの莉奈だから、たまたま簡単な料理だった可能性も大だし、リック料理長の考え過ぎかもしれない。

だが今、料理工程を説明する莉奈を見ていると、リック料理長はそう感じてしまうのだった。

# 第2章　解禁とは？

――パンケーキを食べ終えた莉奈《りな》は。

主に後は煮るだけなので、リック料理長達に任せて、銀海宮《ぎんかいきゅう》に戻る事にした。

途中、竜の広場で碧空《へきくう》の君が寛いでいたので、ミルクワームのお礼を言うついでに、今後は遠慮しておくと伝えておいた。

好物をくれるのはありがたいけど、莉奈にはどうしてもアレは食べられない。竜が食べているのだから、【鑑定】で視たら間違いなく〝食用〟と出そうだが、見た目が無理である。

食用と表示されても気分は向上しないので、視ようと思わない。絶品なんて出た日には、微妙な気分になりそうだ。

シュゼル皇子とエギエディルス皇子が、スライムを拒絶するのも同じ感覚なのかもしれない。莉奈的には、黒スライムは是非食べてみて欲しいのだが。

「あ」

シュゼル皇子かエギエディルス皇子がいるであろう所へ向かう途中、莉奈はフと思った。

弟皇子二人にデザートは用意したが、フェリクス王には何も用意していないなと。

甘味などいらないのは重々承知しているが、手ぶらか手ぶらでないかで気分が違う。万が一「俺には？」と聞かれた時、何もありませんでは睨《にら》まれそうだ。

オヤツ＝甘い物ではない。

間食的なちょっとした料理でもいい。

とりあえず、何か作った方がいいかなと、莉奈は銀海宮の厨房《ちゅうぼう》に向かう事にした。

「あれ？　リナだけ？」

「料理長と副料理長は？」

莉奈が厨房に顔を出したら、皆が一斉にアレという表情をしていた。

莉奈が何か作るということで二人は白竜宮《はくりゅうきゅう》に行ったのに、戻って来たのは莉奈だけだったからだ。

「もう少ししたら戻って来るよ」

確証はないけど後は煮るだけだから、リリアン以外なら任せても大丈夫だろう。

「こっちでも何か作るのか？」

白竜宮で何か作るとは聞いていたが、こっちでもとは聞いていなかった。

新作は嬉《うれ》しいけど、アッチコッチと大変では？　と料理人達が珍しく労う様子を見せていた。

「陛下用に何かね？」

まさか、弟皇子にはパンケーキを用意したから、とはここでは言えないけど。

「「陛下用」」

莉奈が何の意味もなくそう言ったら、何故か厨房が一気にザワめいた。

陛下と聞いただけで、緊張したのかと思ったら違った。

「カクテル‼　カクテルだな⁉」

「何が必要だ。リナ‼」

「……」

あぁ、そうなっちゃう感じですか。

陛下の為の料理＝酒。

皇子の為の料理＝甘味。

この方程式は鉄則の様だ。

色めき立つ料理人達の目が爛々《らんらん》としていて、莉奈は頬が引き攣った。今さら、違うよと言えない雰囲気になってしまった。

こうなったら、カクテルを作る事にしますか。

フェリクス王はおつまみ系より、お酒の方が喜びそうだ。莉奈はそう思い立つと酒倉に向かって行った。

厨房に併設されている酒倉は、半地下で肌寒いくらいだった。

初めて来た時は半地下だから肌寒いのかと思っていたが、よく見れば天井に魔石が埋め込まれている。氷の魔石を上手く使って、お酒の保存に最適な温度にしてあるのだろう。

「何にしようかねぇ」

増えに増えたお酒の種類に、莉奈は苦笑いを漏らしていた。

カクテルを教えたら、お酒の種類が半端ないくらいに増えたのだ。莉奈の知らないお酒もかなりある。

【鑑定】がなかったら、分からないお酒ばかりだ。

何のカクテルを作ろうか考えた時、知らないカクテルのレシピまで〝記憶〟のように頭に浮かんでくるのだから、完全に何か技能《スキル》があるなと思う。

しかも、大抵の料理やカクテルのレシピは、莉奈の家にあったレシピ本やＴＶで見た事のある料理のような気がする。

技能《スキル》を使っている感覚も、違和感もなく頭の中に浮かぶので、今までまったく気付かなかった。

ただ、その一点を意識して使おうとすると、頭がクラクラするから厄介だ。

よく覚えていない料理は、曖昧《あいまい》でうろ覚えの事が多いから技能《スキル》を使いたいが、それで具合が悪くなるのはちょっと。

【鑑定】と違いすぐに魔力酔いを起こすので、この技能《スキル》は使える様で使えない。

どうにかならないかなと、莉奈は思うのだった。

「何しゃがんでんだ？」

莉奈がしゃがんでいたら、頭の上から声が聞こえた。

どうやら料理人のダニーが、カクテル作りを手伝おうと来た様だった。

「ちょっと、魔力酔い」

船酔いみたいなノリで、〝魔力酔い〟だなんて言葉を使う日がこようとは。莉奈は自分で言っていて、笑いが漏れてしまった。

「え？　大丈夫か？」

「大丈夫」

瞬間移動《テレポート》の間《ま》で酔った時の方が、酔いは激しかったからね。この程度なら、すぐに治る。

「あ、白ワインだ」

莉奈が立ち上がろうとした時、たまたま目に入った棚には、大量の白ワインが並んでいた。ここだけでこの本数があるなら、きっと違う場所にも保管してあるのだろう。

ラベルは同じだから、同じ酒造元のワインだ。

「スゴい量だね。白ワイン」

「スパーニュー地方の白ワインが、ついこの間、解禁したからな」

「解禁？」

「そう、解禁」

嬉しそうに話すダニーの横で、莉奈は解禁とは何だろうと小首を傾げた。

両親は、解禁日になるとワインを買いに行っていたが、何か訊《き》いた事があったかな？　と考えていた。

そもそもワインなんて、お酒を取り扱う店には年がら年中あった気がする。なので、解禁と言われても莉奈にはよく分からなかった。

「え？　でも、白ワインなんていつもあったよね？」

多種のお酒が並んでいるが、赤ワイン同様に白ワインはいつも酒倉に常備してあったハズだ。

「それは、スパーニュー地方じゃないワインな」

「どゆこと？」

ダニーにそう言われても、莉奈にはサッパリ分からない。

莉奈の首が、さらに傾げられたのを見たダニーは苦笑いしていた。

「製造方法とか色々と厳しい産地は、酒の品質を下げないために〝解禁日〟が設定されてるんだよ。早い物勝ち……いわゆる抜け駆け防止策ってヤツ？」

「ん？　出来たら売るじゃダメなの？」

「俺もよく分からないけど……酒って造るのにある程度時間が掛かるだろ？　なのに、早く出来たら売るってなると、競争みたいになっちゃって、不出来なワインが多く出回ったらしいんだよ」

「なるほど？」

「結果、真面目に造ってるヤツが割りを食った挙句、あの地方のワインは不味いって評判も落ちたらしい。で、怒った領地の主がとうとう法令を定めたって訳。解禁するまで、今年の分は勝手に売るなってな」

「へぇ、品質保持のための設定って訳か」

「そう。だから、このスパーニュー産の白ワインは外れがないんだよ」

基本的に、王宮に入ってくる酒や食材の品質は当然高い。

だが、このスパーニュー産の白ワインは、領主のお墨付きがあるので間違いない様だった。

まぁ、品質保証と信頼性が高い分、悪徳業者がラベルを貼り替えたり、産地偽装したりと違う問題はありそうだけど。

「じゃあ、この白ワインを使いますか」

大量にあるなら使用しない手はない。

作れる量が少ないと、争奪戦になって怖いからね。

「後は？」

お酒と何かを割るのがカクテルなのだから、白ワインだけのハズがない。ダニーは興味津々で莉奈の後を付いて回っていた。

「ん〜、ドライ・ジンがあったらソレを持って来て」

「了解」

ダニーにお願いすると、莉奈は白ワインを持って厨房に戻る事にした。

「「リナ」」

厨房に戻ると、期待に期待している皆が待っていた。

その中にはリック料理長やマテウス副料理長まで交じっている。莉奈がお酒を選んでいる間に戻っていたらしい。

だが、ここの厨房が変に騒いでいないところを見ると、パンケーキを食べた事は黙っているのだと思った。

ズルいズルい攻撃は破壊力があるし、リック料理長も対応が大変だと感じているのだろう。ただ、妙に勘が鋭いリリアンが、鼻をスンスンさせてリック料理長の周りをウロウロしている。

彼女には何か、特殊な技能《スキル》があるんじゃなかろうか？　でなきゃ、リリアンの前世は犬だ。莉奈はそう思わずにはいられなかった。

「カクテルを作るって聞いたけど？」

リリアンをやっと追っ払ったリック料理長が、寸胴鍋《ずんどうなべ》を持って来た。

うん。大量に作る気ですな。

「陛下のためにね？」

パンケーキの事を隠すなら、パンケーキの代わりとは言えない。

その内にバレるだろうが、バレるまでは黙っておこうと莉奈は思ったのだった。

寸胴鍋を置いて仔犬の様に待つリック料理長にホッコリしながら、莉奈はカクテル作りに集中する事にする。

「以前作った〝マティーニ〟のアレンジバージョンを作りたいと思います」

莉奈がそう口にすれば、カウンター越しに見ていた警備兵からも拍手が起きていた。

どうやら、夕食の時間が近いらしい。続々と集まって来ている。

「これはドライ・ジン6に、白ワイン1で作る〝オリジナル〟マティーニ」

「〝オリジナル?〟」

「だって、今考えたんだもん。マティーニは本来ドライ・ジンとドライ・ベルモットで作るでしょ? でもこれはドライ・ベルモットを白ワインに変え、フェリクス王好みの割合にしたカクテル。だから、しいて名付けるなら……〝王の休日〟?」

カッコ付けて命名してみたが、何か違う気がする。

「いや、そのまんま白ワイン・マティーニでいいかな?」

と違う言い方に変えたものの、なら、ドライ・ベルモットは白ワインではないのかという問題が出てきそうだ。

莉奈が何と呼んだものかと悩んでいたら、皆も同じように考えていた。

「〝王の休日〟でもいいよな」

「いや、ドライ・ベルモットより白ワインの方が安いんだから〝庶民の休日〟の方が」

白ワインにハーブや香辛料を加えたのが、ベルモットだ。

その分、白ワインより高価である。なら、王より庶民向き。なので、庶民のと名を変えたみたいだが、カクテルの名前としてなんかしっくりこなかった。

「『白ワイン・マティーニでいいや』」

考えれば考える程、ダサいネーミングとなり苦笑いが漏れていた。

結果、簡単で分かりやすい〝白ワイン・マティーニ〟となったのであった。

「赤ワインはどうなんだろう？」

白ワインで作るとなると、赤ワインはとなるのがここでは普通の事だ。

赤ワインバージョンも作ってみようと、さっそくザワついていた。

「あぁ、赤ワインなら、その赤ワインバージョンにリンゴの煮汁とレモン汁を加えると、美味しいらしいよ？　甘味が欲しいならそこに砂糖かな。まぁ、面倒なら赤ワインバージョンのマティーニにリンゴジャムを入れちゃうのが――」

手っ取り早いけど……と言おうと思ったのだが、女性陣の熱視線に気圧され口をつぐんでしまった。

女性はやはり、甘いカクテルが好きらしい。

基本、フェリクス王中心でカクテルを作るせいで、辛口が多いからだ。莉奈が甘いカクテルレシピを教えてくれたので、嬉《うれ》しそうだった。

なら、リンゴジャムでなく、香り豊かな生リンゴの煮汁で作るカクテルを作ってあげるかなと、莉奈は思う。

「なら……そっちは私が作るよ。白ワインバージョンのマティーニはリックさんにお願いする」

「6：1だったな」

「うん。フェリクス王好みなのは確かそう」

ドライ・ジンが引き立つ割合が、フェリクス王好みだったハズ。

難しい事はないので、そっちはリック料理長に任せる事にした。

「赤ワインの方は、普通の赤ワインバージョンと、甘めのバージョンにしよう」

「やったぁ〜っ!!」

甘めが好きな皆から、歓声が上がった。

「赤ワインバージョンは、白ワインを赤に変えただけだから分量は同じ。甘めの方は――」

「リンゴだよね？」

女性陣がリンゴを持って来てくれた。しかも、ゴッソリと。

加減ってものを知らないかな？　この人達。

リンゴの数は見なかった事にして、莉奈は持って来てもらったリンゴを、水で良く洗って切り始めた。

「ずいぶん、皮を厚めに剥《む》くのね？」

手伝おうとしていた料理人が、莉奈のリンゴの切り方に驚いていた。

莉奈の切り方だと、皮に実がかなり付いた状態であった。

「だね。リンゴの風味も付けたいから、皮を剥くというより削ぎ取る感じ？　とにかく、皮を厚めに剥いて水から煮る。色が出るまで煮詰めたら、火を止めて冷やす」

「氷よ、氷‼」

冷やすと言った途端に、すぐ氷で冷やそうとしていた。

そこまで急ぐ必要なんかない気もするが、莉奈は黙っていた。

夕食の時間が近いから、シュゼル皇子の分は必要だしね。

氷魔法が得意となった料理人のトーマスは、氷を欲しがる女性陣に囲まれてデレッとしていた。

頼りにされるのは嬉しいらしい。

莉奈からしたら、ただの恐喝だしタカリに見えるけど。ものは考えようだ。

「リンゴの煮汁が冷えたら、後は赤ワインバージョンのマティーニにレモン汁とコレを好みで入れれば出来上がり。甘さは好みがあるだろうから、砂糖を水に溶かしたシロップを用意して、後入れにすればイイと思うよ？」

「「「分かったわ‼」」」

ちなみに煮出した後のリンゴは、ジャムとかコンソメスープを作る時の臭み消しに入れちゃえば無駄がない。

だから、皮を剥いたリンゴと一緒に、捨てないで使い切るように伝えておいた。まぁ、伝えなくてもしっかりと取って置くだろうけど。

「他にも作るのか？」

リック料理長が他の料理人に任せ、莉奈の所に戻って来た。

作り終わったハズの莉奈が、まだガサガサと何か弄り始めたからだ。

「マティーニを白ワインにしたところで、フェリクス王が喜びそうにないかなぁと」

お酒が飲めない莉奈の勝手な想像だが、白ワインにハーブとか入れたドライ・ベルモットほど、このマティーニに複雑な味わいはない気がする。

なので、それを白ワインにしたところで、フェリクス王には響かないと思ったのだ。ふぅんで終わらせるなんて莉奈が満足しない。何か驚かせなければ、負けた様な気分だ。

莉奈は何かないかなと、棚を漁りに漁りまくってとある瓶を見つけた。

「オリーブの塩酢漬け発見」

良くあるオリーブの塩漬けやオイル漬けではなく、塩酢漬けだ。たまにサラダにスライスしたコレがのっていたので、どこかにあるだろうと思ったのだ。

今日は、これを使おうと莉奈は瓶の蓋《ふた》を開けた。

「飾るのか？」

リック料理長が、横から中を覗《のぞ》いていた。

マティーニにはオリーブの実を飾るから、これもそうだと思ったようだ。

「違うよ」

「ん？　なら、おつまみか？」

「違うよ？」

そうなのだ。今日は違う使い方をする。

とりあえず、莉奈は逆三角形のカクテルグラスに、小さなフォークを挿したそのオリーブの実を先に入れた。

次にカクテル作りに使うミキシング・グラスに氷をザクザク入れ、そこにマティーニのベースのドライ・ジンを投入。で、このオリーブの漬かっていた液体も少し入れる。

「え⁉　オリーブの浸漬《しんし》液も入れるのか⁉」

「そう。それも使っちゃうのがこのカクテルなんだよ」

好みもあるから、塩漬けのでもオイル漬けのでもイイ。

果汁を入れるカクテルがあるから、たぶん同じ様な感覚で誰かが始めたのだろうと思う。

あるいは、マティーニにこのオリーブを入れた時に、アレ？　汁も入れたら美味しいんじゃないかと考えたのかもしれない。

「軽く混ぜてグラスに注いだら〝ダーティー・マティーニ〟の完成」

「「「ダーティー・マティーニ」」」

オリーブの浸漬液を混ぜているから、少し白く濁っているのが特徴である。

お酒とお酒、あるいは果汁を混ぜるのがカクテルの定義。あとは、オリーブを果実と考えるか否か。

フェリクス王は気付くだろうか？

絶対に気付きそうだなと、莉奈は作りながら思ったのだった。

「コレもマティーニか」

「本当にマティーニは種類が豊富ですよね」

リック料理長とマテウス副料理長が感嘆していた。

マティーニは種類が豊富だと聞いていた。だが、しかしである。聞くのと見るのとではまったく違う。莉奈が嘘を吐《つ》いていたとは思わない。だが、実際に目の前で作って見せてくれると、本当に知っているのは一部なんだなと感嘆する。

「んじゃ、勢いそのままで簡単なおつまみも作っちゃいますか」

もうこうなったら、おつまみも作っちゃえである。

面倒なのは面倒だが、弟皇子二人にパンケーキを作っておいて、フェリクス王に何もありませんじゃあ、ガッカリされそうだ。

一度ヤル気の火ならぬ炎が付いた莉奈は、鎮火するまで作り続けるのであった。


「うっわ、リヴァイアサンの切り身だ」

莉奈が魔法鞄《マジックバッグ》から魚の切り身を取り出すと、皆が一斉にザワついた。

薄い青色の切り身だから、すぐにリヴァイアサンだと分かったのだろう。

エギエディルス皇子が結局、口にしなかったリヴァイアサン。色もそうだけど、生だったから抵抗感があったみたいだ。

「どうするんだ、ソレ」

手の空いたマテウス副料理長が、興味津々の様子でチラッと見た。

「陛下のおつまみに使おうかと」

そう説明しながらリック料理長を見れば、また周りにまとわりつき始めたリリアンに手を焼いていた。

そのリリアンと目が合えば、今度はコッチに来るのだから厄介である。

パンケーキを食べた莉奈にもリリアンのレーダーが反応したのだとしたら、恐ろしい嗅覚《きゅうかく》だ。

「痛ぁっ!」

邪魔だしウザイので、何か言われる前に軽くチョップをかましておいた。

仕事の邪魔をするなんて言語道断である。莉奈はまだ、邪魔をされてはいないけど。

「と、その前にボウルに氷水を用意しておく」

「カクテルか？」

「カクテルなんだな？」

「おつまみって言ったでしょう？　大体、リヴァイアサンを使うカクテルって何かな」

氷と聞いた途端に皆がザワつくものだから、莉奈は呆《あき》れていた。

「えっと。リヴァイアサンは柵《さく》のまま、オリーブオイルを引いたフライパンで表面を強火で軽く焼く」

「軽く？　火は通さないんだな？」

「うん。炙《あぶ》る感じ」

せっかく新鮮なリヴァイアサンだから、まずは新鮮さを活かした料理を堪能したい。それからムニエルや鍋《なべ》など、火を通す料理に……。

「軽く表面が色づいたら、氷水にドボンと入れる」

「サウナ風呂《ぶろ》だ」

それを見ていたリリアンが、閃いたように声を上げた。

確かに、温まってから水に入るのはサウナ風呂みたいだ。莉奈が、なるほどと頷《うなず》きかけたその時
――

「いやいや、表面に完全に火が通ってるんだから、火炙《ひあぶ》りだろ」

すかさずマテウス副料理長が、ツッコんでいた。

そうだった。表面を温めるなんてレベルではなかった。

「サウナ風呂も火炙りもヤメてくれ」

莉奈は思わず頷きかけたが、料理に対してそんな表現をするなと、リック料理長は眉間《みけん》にシワを寄せていた。

「サッと冷やしたリヴァイアサンは、布巾《ふきん》で水気を取って少し厚めに切っておく」

1センチくらいの厚みでリヴァイアサンを切り分け、平たくて長細いお皿に並べておいた。薄い青色の身のリヴァイアサンだったが、火を通した部分は白くなっていた。

未だに身の色は見慣れないけど、白と青のコントラストがとてもキレイだなと思う。

「ところで、何故表面だけ炙ったんだ?」

「魚特有の生臭さが軽減されたり、脂の多い魚は表面を炙ると、ほどよく脂が抜けたりして美味しくなるんだよ」

「なるほど」

「特に皮が硬かったり臭みが強かったりする青魚は、炙る事で香ばしさも増して美味しく食べられる」

まぁ、リヴァイアサンは皮付きじゃないし、生臭さは全くないけど。

マグロやサーモンの様に少し炙ると、味わいがガラッと変わるのでは?　と想像したのだ。

「イブッチャーは煮ても焼いても臭いけどな」

「〝イブッチャー〟？」

ギロンチみたいな魚なのだろうか？

漁師町出身の料理人ダニーの呟《つぶや》きに、莉奈は思わず反応していた。

「蛍光ピンクな派手な魚でさ。ウチの村では、糸を垂らせばすぐ釣れるって言われるくらいに、よく獲れるんだけど……まぁ小《しょう》――っとアンモニア臭がスゴいんだよ」

「「「……」」」

小便と言いかけたが、皆に怪訝《けげん》な表情をされたので言い換えた。

だが、今さらアンモニアと言い換えられても、頭の中にはトイレ臭が。リック料理長達も微妙な表情をしている。

貴族様には無縁の臭いではなかろうか？　そう思っていたのだが、貴族でもペットや家畜がいる家も多いらしく、臭いは理解出来るようだった。

「サメやエイみたいなものか。なら、ホーニン酒やワインにしばらく漬けておくと、臭いが抜けるかもね」

後は柑橘《かんきつ》系のモノにしばらく漬けておくとイイって、聞いた事がある。

サメのヒレであるフカヒレも、しっかり下処理をしないと、アンモニア臭があるとか。ものスゴい高いお金を払って、やっと口に出来たフカヒレ料理が臭かったら、色んな意味で衝撃的過ぎる。

「へぇ。お酒に漬けるとあのアンモニア臭が抜けるのか……」

「もったいなっ‼」

「そこまでして食う意味」

「俺はホーニン酒が飲みたい」

臭み消しにお酒を使うと聞いた料理人達は、一斉に無駄遣いだとザワめいた。

酒を使ってまで、そんな臭い魚を食べる理由がないと。


「〝完成〟！」

「「「えっ⁉」」」

話しながらも調理をしていた莉奈は、皆が脱線しまくっている間に料理を完成させていた。

元より簡単なおつまみだっただけに、工程がそんなになかったからだ。

「つけダレは別添えか」

「二種類のタレを用意したからね」

一種類なら、かけて出してもイイかもしれない。

「え？　それなんて料理？」

あっという間に出来た料理に、驚いている料理人が訊《き》いてきた。

「リヴァイアサンのタタキ」

「タタキ？　タタキって何」

「う～ん？　本来なら塩とかタレを付けて、身を叩《たた》いて味を馴染《なじ》ませるから〝タタキ〟と言うんだけど……叩いてないから、コレはリヴァイアサンの炙りかな？」

カツオのタタキは、それが由来だった気がする。

だから、これは厳密に言うと、叩く工程をしていないから、炙りが正解なのかもしれない。

リック料理長は、味見用にと大皿にも用意していた莉奈の盛り付けに、感心していた。

フェリクス王の分は長細い平皿に少し重ねる様に一列に並べたけど、大皿の方は真ん中に置いたタレの小皿を中心にして、リヴァイアサンのタタキを丸くキレイに盛ってみたのだ。

ベビーリーフを先に敷いたから、野に咲く花のようでオシャレになった。上出来ではなかろうか。

「つけダレが二種類あるけど？」

「黒い方は、醤油《しょうゆ》にライムを少し入れたタレ。そっちは見たまんま、粒マスタードに醤油を入れたタレ。後はホースラディッシュを添えてみた。リヴァイアサンはクセがないから付けなかったけど、ニンニク醤油でも美味しいよ？」

昔の人の知恵で、食中毒を防ぐためにニンニクが薬味に付いているそうだけど、臭み消しにもなるし美味しいから一石三鳥だよね。

「あ、ニンニク醤油って言えば、醤油は擦り下ろしたニンニクを入れるとガツンとくるけど、醤油にニンニクを漬けておくと柔らかなニンニク風味の醤油になるよ？」

「醤油にニンニクを漬けるのか？」

「うん。皮を剥《む》いた生のニンニクを、醤油を入れた瓶に丸ごとドバドバとたくさん入れて漬けておくの。十日くらい経つと香りが付いてくる」

「なるほど、風味を移すのか」

「だね。そうすると、生の擦り下ろしみたいにニンニクが主張し過ぎず、ふんわりまろやかになる。

ちなみに、そのニンニク醤油は、ニンニクや醤油を継ぎ足し継ぎ足しで使えるし、醤油に漬かって黒くなったニンニクは微塵《みじん》切《ぎ》りにして、チャーハンに入れたり野菜炒《いた》めに入れたりすると堪らない」

殺菌作用のあるニンニクと塩分がある醤油で、継ぎ足しで使っても全く腐らないのだが……元いた世界で作ってた分は置きっぱなしになっているから、さすがに腐ってしまったかな？

山椒《さんしょう》の実を漬けた山椒《さんしょう》醤油《しょうゆ》もあったけど、アレもどうなったのだろうと、莉奈はアッチの世界を思い出していた。

「「「チャーハン」」」

新たな料理名に、皆は興味津々だ。

だが莉奈は、さすがに糠漬《ぬかづ》けは腐っただろうなと、ため息を吐《つ》いていたのだった。

「表面を炙るとまた、味がガラッと変わるんだな」

「生魚が苦手だから、こっちの方が私は好きかな」

「そうか？　俺は断然、生。刺身って言うんだっけ？　刺身がイイ」

「旨ければどっちでもイイ」

「ライム醤油、サッパリしてイイな。ドレッシング代わりにかけても良さそう」

いつも通りに試食が始まると、他には何が合うかとか勉強会に発展していた。

リヴァイアサンの代わりに何がイイかとか、他に何に合うかとか楽しそうだ。

「「あぁ～酒が飲みたいっ！」」

結局はお酒に繋《つな》がる訳だけど……。

「お前はお前で自由だよな」

マテウス副料理長が莉奈を見て呆れていた。

いつの間にか用意した白飯と一緒に、モグモグ食べていたからだ。

「刺身といったら、ご飯が欲しくなるんだもん」

皆が酒だ酒だと言うのが、莉奈は白飯に変わるだけ。醤油を弾くくらいに、脂ののったリヴァイアサンに白飯は最高だ。

ここに、玄米茶と糠漬けでもあれば、もう文句なし。

「確かに、パンよりはご飯だな」

リヴァイアサンのタタキを口にしたリック料理長も、白飯は理解出来ると大きく頷いていたのであった。

◇◇◇

「今日はカツだって聞いたけど?」

テーブルに並んだ夕食のメニューに、エギエディルス皇子が首を傾げていた。

白竜宮では、今日も明日もロックバードやボアランナーなどのカツが出るらしいが、王族のテーブルには並んでいない。

トンカツに合うソースが完成してからとなり、今日は急遽《きゅうきょ》違うメニューに変わっていたのだった。

グラスに水を注いでいた執事長のイベールが、変わった理由を説明していた。

「ちぇっ、口がカツになっていたのにな」

エギエディルス皇子の小さな口が、可愛く尖《とが》っていた。

メニューを聞いてしまったため、すでにお腹がそれを待ち構えていたのだろう。肉な気分だったのに、魚が出た時のガッカリ感は半端がない。

まぁ、代わりの夕食は魚だけではなく、肉もしっかり出ているけど。

「代わりと言ったら何だけど……食後のデザートにはふわっふわのパンケーキがあるよ?」

「『ふわっふわのパンケーキ』」

エギエディルス皇子に言ったつもりだったけど、シュゼル皇子も釣れた。

キラキラと瞳《ひとみ》を輝かせて、今ある夕食を急いで食べ始めていた。夕食をしっかり食べないと莉奈はデザートを出さないのを分かっているらしい。

なので、デザートをいち早く食べたいシュゼル皇子はせっせと、しかしお上品かつスピーディーに、お皿にのった夕食を次々と平らげていたのだった。

「『……』」

フェリクス王とエギエディルス皇子は、それを生温かい目で見ていた。

病弱だった兄弟がやっと食事を摂れるようになったのなら、〝温かい目〟を向けていたかもしれない。

だが、彼は事情が違う。食べたくないから食べなかっただけなのだ。

おそらく莉奈がいなかったら、今もなおポーションドリンカーだったかもしれない。そのシュゼル皇子が、食後のデザートのためだけに食事を摂っているのだ。

それが、なんとも複雑な心境にさせていたのである。

「ふぅ。ごちそうさまでした」

食事をしただけなのに、まるでひと仕事終えたみたいに、シュゼル皇子は深いため息を吐《つ》いていた。

彼にとって食事とは、デザートを食べる前の大仕事なのだろう。

「……え？　あ、はい。デザートですよね」

食事を終えたシュゼル皇子の仔犬のような強請《ねだ》る視線に、莉奈は苦笑いが漏れていた。

柔らかい物腰なのに、フェリクス王とは違う圧があって笑うしかない。


「何それ～っ‼」

シュゼル皇子の前にパンケーキの皿が置かれれば、それを見たエギエディルス皇子が声を上げた。

厚みがあるのにフワフワのパンケーキ。その上にかかった雪化粧のような粉糖。パンケーキにかかるキラキラ輝くブラックベリーのジャム。甘さ控えめな生クリーム。それらを引き立てるククベリーの実が、まるで宝石のようにちりばめられていた。

「ん～。ふわっふわ！」

ナイフで切り分けたパンケーキを、一口食べたシュゼル皇子は、笑顔という花を咲かせていた。

「俺には？」

「もちろんあるよ。食べ終わったら出してあげる」

あるのは分かっているが一応確認したエギエディルス皇子は、莉奈の返答に頷《うなず》き食事に集中する事にした。

フェリクス王は弟達が、デザート欲しさに食事を摂る姿に呆《あき》れていた。

「あ？」

弟達を見ていたフェリクス王は、気配に気付き目を眇《すが》めた。

何故なら、執事長イベールに追加の酒を要求しようとしたところで、莉奈がスッと追加で何かを差し出したからだ。

「新作のカクテルか」

「リヴァイアサンの炙《あぶ》りと――」

フェリクス王はフェリクス王で、莉奈が魔法鞄《マジックバッグ》から取り出したカクテルに釘付《くぎづ》けである。

こうなると、さすがのフェリクス王も、弟達の事をとやかく言う権利はなかった。

「変化球の〝マティーニ〟です」

「変化球」

リヴァイアサンの炙りよりお酒のフェリクス王は、莉奈の置いたマティーニを早速口にした。

そして、一口、口に含んだだけで変化球が何かすぐに分かったのか、小さく鼻で笑った。

「今さらドライ・ベルモットを白ワインに変えたところで、マティーニが安っぽくなるだけじゃねえか。つまら――」

「でしたら〝ダーティー・マティーニ〟はいかがでしょう？」

フェリクス王なら絶対そう言うと思っていた莉奈は、つまらないなんて言葉を最後まで言わせるつもりはなかった。言わせたら負けた気がするからだ。

やっぱり、もう一つ新作を作っておいて正解だった。あやうくつまらないとガッカリさせて終わる所だった。

「……っ！」

ダーティー・マティーニが目の前に置かれた瞬間、フェリクス王の口端が上がった。

「先にこっちを出さなかったのは演出か？」

「そういう訳ではありませんが、さて――」

「何の酒か……だろ？」

そう言ってさらに口端を上げるフェリクス王。

魔王様。実に楽しそうですね？　莉奈はその笑みに少しドキリとした。

「何コレ。すっごいふわふわだ‼」

「この雪みたいな粉は砂糖ですか？」

フェリクス王がカクテルを堪能している横で、弟皇子達はパンケーキに夢中になっている。

王族の食卓なんて、妙な緊張感と静寂な空気が漂っているものだと思っていたけど、ここの家族は仲良さげでホッコリする。

温かい家族っていいよね。

「リナ？」

だけど、自分にはもういないんだと思っていたら、ついボンヤリしていたらしい。

「え、あぁ……白い粉は美味しいですか？」

「「……」」

白い粉は何だか分からないが、確かに甘くて美味しい……。

しかし、素直に頷けないのは莉奈の訊《き》き方のせいだろう。

シュゼル皇子とエギエディルス皇子は、莉奈の笑顔に微妙な笑みで返しただけだった。

「砂糖をあの石臼《いしうす》で」

莉奈に説明を聞いたシュゼル皇子は、感心していた。

〝チョコレートを作る為〟のあの石臼に、そんな使い方があったとは想像もしていなかった様だ。

やはり、石臼を莉奈に渡しておいて正解だったなと、満足気だった。

「……」

そんなシュゼル皇子とは対照的に、フェリクス王は眉間《みけん》にシワを寄せている。

右腕をテーブルに置き、カクテルグラスを睨《にら》む様にして、人差し指をトントンと叩《たた》いていた。

ダーティー・マティーニのグラスの底に沈んでいたグリーンオリーブは、テイスティングの邪魔になると小皿に移している徹底振りだ。一口も齧《かじ》っていない。

「ドライ・ジン以外の酒は感じねぇ。だが、何か入っている」

フェリクス王は少し口に含んでは唸《うな》るように、考えていた。

いつもなら飲んですぐに気付くのに、珍しく悩んでいる。ある程度予想はついている様だが、コレだという確証がないのだろう。

「シュゼル。オリーブは果実か？」

「〝果実〟ですね」

疑念を確証に変えたいフェリクス王は、シュゼル皇子に確かめていたが——

「ちなみにククベリーも果実ですよ？」

とシュゼル皇子がにこやかに返せば、訊いていない事に興味はないのか、ガン無視していた。

自分が口にしない実が、果実だろうが野菜だろうがどうでもいいからだろう。

「オリーブが果実なら、オリーブを漬けた液もアリか」

もう一度確かめる為、フェリクス王はマティーニより濁りのあるダーティー・マティーニを口にし、確信した様子を見せた。

「ドライ・ジンにオリーブの浸漬液を混ぜたのが、この〝ダーティー・マティーニ〟。オリーブの実が二個も入っているのはフェイクか」

いつもなら、カクテルに一個しか入っていないオリーブの実が、二つも入っていたのは、このオリーブの浸漬液を隠すためだと考えた様だ。

「フェイクではなく、オリーブを楽しむためのカクテル？　だから二個入れました」

「なるほど。確かに、オリーブの浸漬液のほのかな塩味。酒精が強いドライ・ジンをこのオリーブのオイル感が、マイルドにして飲みやすくしている。オリーブにも好き嫌いがあるから万人受けはしねぇだろうが、これはこれでいい」

普段あまり喋《しゃべ》らないフェリクス王が、カクテルの事になると実に饒舌《じょうぜつ》だ。

「ただ、このリヴァイアサンの炙りには合わねぇがな」

「ではホーニン酒を」

莉奈は苦笑いしながら、ホーニン酒のロックを出した。

父が言っていたが、刺身にはやっぱり米から造った日本酒が一番合うらしい。刺身には白米的な感覚なのだろうか？

「〝サムライ・ロック〟だな？」

「よく覚えてますね」

「ホーニン酒にライム。考えた事もなかったからな」

莉奈が差し出したのは、ホーニン酒の入ったグラスに切ったライムを飾った〝サムライ・ロック〟である。

塩辛の時に一度出した覚えがあるが、よく記憶していたなと感心してしまった。

「いかがですか？」

「確かにリヴァイアサンには、さっきのよりこのカクテルの方が合うし、アリと言えばアリだが……俺にライムはいらねぇ」

フェリクス王はそう言って、早々にライムをグラスから取り出していた。

フェリクス王には余計なオプションだった様だ。

「炙りも旨い」

リヴァイアサンの炙りは好みに合ったらしく、フェリクス王はホーニン酒と一緒に愉しんでいた。

莉奈に出会わなければ、リヴァイアサンを倒す事はあっても食う選択肢はなかっただろう。そう考えると感慨深かった様だ。

「炙ると、ほどよく脂が落ちるんですね」

リヴァイアサンの炙りが気になったシュゼル皇子も、フェリクス王と同じ物を莉奈に要求し、楽しんでいた。

その様子を見たエギエディルス皇子は、ゲンナリしている。

「気持ち悪ぃ」と呟《つぶや》きが漏れていた。

ちなみにエギエディルス皇子の呟きは、水色のリヴァイアサンの炙りに対してではない。

エギエディルス皇子の視線は、リヴァイアサンの炙りがのる皿ではなく、シュゼル皇子の方に向いている。同じ物を食べているフェリクス王は一切見ていないのだ。

では、何故、エギエディルス皇子は次兄を見てゲンナリしているのか。

おそらく、その食べ方だろうと推測する。

いくらリヴァイアサンは生臭さが少ないとはいえ、魚である以上特有の香りや臭みはある。なのに、彼は甘いモノを口にしたりリヴァイアサンを口にしたりと、交互に楽しんでいるのだ。まるで、リヴァイアサンを肴《さかな》にパンケーキを愉しんでいるようだ。

食の好みは人それぞれだとは思う……思うけど、である。

デザートは食後。あるいは、単品で食べるモノではないのかな？

副菜を食べて主食を食べるのとは全く別だと、莉奈は思うのだ。


――しかし。

シュゼル皇子の考えでは、デザートは食後ではないらしい。

もはやおかずの一品。生魚と交互に食べていたら、せっかくのデザートが一気に魚臭くなりそうだと、莉奈もエギエディルス皇子も眉根《まゆね》を寄せていたのだ。

「ん？　このリヴァイアサンに粉糖をかけたら――ったぁい！」

シュゼル皇子のその呟きに、最近良く飛ぶようになった小さなスプーンが、超高速で飛んで来たのは言うまでもない。

刺身に粉糖だなんて、見た目はオシャレかもしれないが……気持ちが悪い。

どうなるのかと言いかけたみたいだけど、絶対こうなるでしょうと莉奈は苦笑いし、エギエディルス皇子は小さなため息を吐《つ》くのだった。

# 第3章　オランウータンソース⁉

——翌朝。

「眠い」

日が昇り始めた頃、莉奈《りな》は目を擦りつつ、ベッドからむくりと起き上がった。

こちらに来てから、学校に行く必要はなくなった莉奈だが、昼まで寝ている事はほとんどない。母親のようなラナ女官長が起こしに来てくれたり、エギエディルス皇子が頻繁に朝食を食べに来てくれたりするおかげだ。まぁたまに、竜がドスンとやってくるせいもある。

とにかく、誰も莉奈を放っておく事はなかった。

竜は何も考えていないとして、エギエディルス皇子は責任感から会いに来てくれるのだろう。まぁ〝監視〟も兼ねている気がするけど。

騒がしいのはイイ事だ。静かだと色々と考えちゃうしね。

「おはよう。リナ」

白竜宮《はくりゅうきゅう》の料理人達も、やっぱり朝は早い。

すでにパン作りは終え、朝食の最終準備に入っていた。

そうなのだ。莉奈は、いつもなら銀海宮《ぎんかいきゅう》の厨房《ちゅうぼう》へと向かうところだけど、今日はやる事があるので白竜宮に来たのだ。

「悪魔のパンの匂いがする」

厨房に入った途端に、ニンニクとバターの香りがふわりとした。

銀海宮を真似て拡張したらしいパン造りスペースの作業台に、ニンニクバターをたっぷりと吸った焼き立ての悪魔のパンが、ズラリと並んでいる。

パンの焼けた香ばしい香りの中に、鼻を擽《くすぐ》りまくるニンニクバターの香りが混じっていて、腹ペコには堪らない。

「夜勤明け組には好評なんだよ。クリームパンも人気だな」

ジャムパンは苺《いちご》が人気だと、白竜宮の料理人サイルが教えてくれた。

疲れた身体にはお腹を満たしてくれるパンが人気の様だ。体力勝負の警備兵には、カロリーなんて関係ないのだろう。

「あ、リナ」

「おはよう」

リック料理長とマテウス副料理長も珍しく、早朝から白竜宮に来ていた。

昨日の作業の続きは、昼くらいからだと言っておいたハズだけど……と不思議に思っていたら、リック料理長が銀海宮の厨房専用の魔法鞄《マジックバッグ》から何かを取り出した。

拳《こぶし》より少し大きい、焼き立てのパンだった。

だが、今までのパンと見た目が明らかに違う。バゲットみたいに表面は固そうな感じではなく、食パンかバンズのような柔らかそうな感じだ。

手に持てば、莉奈が想像していた以上にふわふわのパンだった。

「来て早々なんだが、食べてみてくれ」

莉奈の意見が欲しいと、リック料理長とマテウス副料理長が示し合わせたように言ってきた。

自分達の研究成果を見て貰《もら》いたい様だ。

そんな二人に苦笑いしつつ、莉奈は新作のパンを少しだけちぎって口に入れた。

「ん？」

感触から違っていたが、口に入れるとさらに違いが分かる。

当初の石のようなパンは論外だとして、現在のパンと言えばバゲット。滅多に出ないが、少し固めのコッペパンもある。

だが、これはそれよりふかふか。ハンバーガー店で良く見かけるバンズの様だった。

「そっか。牛乳を入れたんだ」

小麦粉に水を入れて練るだけがパンではない。やり方は色々だ。

だが、この世界では水で小麦粉を練るのが主流だった。その製法に、二人は自らの手で革命を起こし始めていた。

アチラの世界から来た莉奈に訊《き》けば簡単だっただろう。しかし、二人はなんでも訊くのではなく、試行錯誤して光を見出している。

莉奈は、その姿勢に感服するのであった。

「やっぱりバレたな」

「……という事は、牛乳を入れて作る製法はすでにあるんですね」

リック料理長とマテウス副料理長は、肩をすくめて笑っていた。

自分達が斬新なアイデアだと思った製法でも、莉奈に言わせれば斬新ではない。だが、二人はやっぱりなと落胆するよりも、自らの手で正解を導き出せた事に少し満足感があったのである。

「乳製品はパンとの相性が抜群なんだよ」

特にパンをふかふか柔らかくするには、砂糖同様に乳製品は必須《ひっす》だ。

高価なパンには、生クリームやバターをふんだんに使っている。

「なるほど、乳製品か‼」

「なら、生クリームやバター」

「ヨーグルト」

莉奈の言った言葉に、二人はさらにヤル気に満ちていた。

同じ水分ならと、たまたま目に入った牛乳を選んだが、生クリームやヨーグルトでも良かったのかと顔を見合わせた。

まだ今日は始まったばかりでやる事は山程ある。だが、二人は早く試したくてウズウズするのであった。


「ちなみに、もう一種類作ってみたんだ」

リック料理長がそう言って、もう一つパンを魔法鞄《マジックバッグ》から取り出し見せてくれた。

焼き立てホカホカのパンは、大きさこそ同じだったが少しだけ、独特な香りがふわりと鼻を掠《かす》めた。

焼いてあるので表面は焦茶色。だが、手で軽くちぎってみると中も黒糖パン同様に茶色だった。ほんのり黒糖に似た香りがしたので、莉奈はピンときた。

「あ、モラハラ入りでしょう？」

「〝モラセス〟な」

モラハラとモラセス。どこか似ているが非なるモノだ。モラハラなんてモノ、パンに詰め込めない。

莉奈のうろ覚えに、リック料理長とマテウス副料理長は笑っていた。

「そう、それ。普通のパンと比べたら少しクセがあるけど、ここに生クリームとか苺を挟んだりして〝フルーツサンド〟にしたら――」

「あぁ〜、シュゼル殿下の笑顔が見えるよ」

莉奈が最後まで言うまでもなく、リック料理長とマテウス副料理長が途端に遠い目をしていた。

文字通り絶対に食い付くパンだろう。

莉奈の頭の中にも、シュゼル皇子の花のような笑顔が浮かんでいた。

苺バターをこんもりのせて食べる彼の事だ。フルーツサンドなんて絶対に好きに決まっている。

莉奈が生温かい目をしている中、果物や生クリームまで挟むとか、莉奈はよく思い付くなと二人は感服していた。

パンが柔らかくなっただけで、こんなに色々なバリエーションが増えるとは。

まぁ、その柔らかくなるまでが大変だったのだが……。

リック料理長とマテウス副料理長は、忙しい日々を送りつつ楽しんでいたのであった。

莉奈は莉奈で、そんな二人を見て刺激を受けていた。

なんでかは分からないものの、無性に何か作りたくなり始めたのだった。

「そうだ。リックさん、マテウスさん朝食は？」

莉奈はとりあえず食べかけのパンを魔法鞄《マジックバッグ》にしまい、本能の赴くままに動く事にした。

「「いや、まだだよ」」

「なら、そのパンまだあったら少しちょうだい。何か作ってあげるから」

そう言って莉奈は手を出した。

自分の朝食も作るついでだし、何より二人の功労者に何か作ってあげたくなったのだ。

「何を作ってくれるんだ⁉︎」

パンを取り出しつつ、リック料理長とマテウス副料理長の瞳《ひとみ》が、キラッと光った。

ついでに何故か周りの料理人達の目も光っていた。

「それは出来てからのお楽しみ」

莉奈はニッコリ笑うと、厨房に併設されている食堂で待つように促した。

だが、何故か二人は一向に動かなかった。

「……いや、だからあっちで待ってなよ」

「え、だって何を作るのか気になるし」

「……」

お楽しみの意味とは？　莉奈はため息を吐《つ》いていた。

そもそも、ジッと見られているとやりづらい。

「作り方は後で教えるから、あっちで待ってて」

初めから見てたら、楽しみが半減しちゃう。

莉奈は後ろ髪を引かれる二人の背中を押して、厨房から追い出したのだった。

◇◇◇

「まずは、好みの野菜を用意する」

ベビーリーフでもイイし、レタスでもイイ。莉奈的にはアボカドが一番好きなのでアボカドを用意した。

「好み？　なら、俺はパセリだな」

「私は大根」

「とうもろこし」

莉奈が〝好み〟なんて言ったが為に、皆は思い思いの野菜を用意していた。

莉奈の想定外の野菜達に、困惑を隠せない。

そうなのだ。彼等は、莉奈が何を作ろうとしているのかをまったく知らない。だから、好みと言われたら、それに合う野菜ではなく、好きな野菜を出すに決まっていた。

「ゴメン。アボカドか葉野菜にして」

お好み過ぎて、何か違う料理が出来そうだ。

「「「好みとは⁉」」」

すぐにダメ出しされた料理人達は、手を止め莉奈を見るのであった。

「とりあえず、ベーコンは薄切りにしてカリッカリに焼く」

「焼くだけなら、私がやっとくわ」

「アボカドは――」

「スライスでイイのか？」

「うん」

「なら、それは俺がやっとく」

簡単な作業は進んでやってくれる皆に感謝しつつ、莉奈は妙に手持《ても》ち無沙汰《ぶさた》だと感じてしまった。色々とやる事がいっぱいあるのもイヤだけど、何でもかんでもやってくれると何故かしっくりこない。作った感がないというか何というか……贅沢《ぜいたく》な悩みだなと苦笑いする。

「リックさん達から貰ったパンは、横から半分に切って軽く焼くんだけど……下の部分は陛下達に、上の部分は我々の試食に使う」

下の方が平らで安定しているため、お皿の上に置いても、上に具材をのせても落ちないからだ。

莉奈は、リック料理長達から貰った柔らかいパンを横から包丁で半分に切ると、断面をオーブンで焼くよう頼んでおいた。

もうこうなったら、見ている料理人達は使ってしまおう。

「で、後は〝ポーチドエッグ〟を作る」

「「「ポーチドエッグ？」」」

莉奈がそう言って片手鍋《なべ》を用意していると、食堂のカウンター越しにリック料理長達まで顔を出していた。

結局、気になって仕方がなくなったみたいだ。

「ザックリいうと温泉……温玉だよ」

「「「温玉??」」」

「なんだっけ？　聞いた事があったな」

「えっと、半熟卵？」

「あぁ、前にサラダにのっけたヤツだ」

以前、シーザーサラダの上にのっけた半熟卵の事を思い出したらしい。

その時とは作り方が違うので、莉奈は皆にも良く分かる様に説明をしながら作る事にした。

「お鍋にたっぷり沸かした熱湯に塩と酢を入れて、菜箸《さいばし》とかで鍋のお湯をクルクル掻《か》き回《まわ》して渦を作る」

「「「渦？」」」

「うん。ナルトみたいな渦」

「「「〝ナルト〟って何？」」」

「……」

莉奈の手が思わず止まった。

うどんやラーメンの上にのってる練り物と説明したら、今度はうどんとラーメンとは？　となるに決まっている。

鳴門海峡なんて言っても、絶対分からない。ヨシ、無視だ。

「とにかく渦の中心に卵を入れる。この時、小皿に卵を一旦《いったん》割ってからゆっくり入れるとイイ」

「え？　ナルトは？」

「塩はともかく、お酢？」

「お湯を掻き回すの？」

「え？　卵は直じゃダメって事？」

「ナルト～って何～！」

若干、ナルトナルトとうるさい人がいるが、完全無視だ。

「酢を入れるのは白身を綺麗《きれい》に固まらせるため。お湯を掻き回すのは卵を一箇所に留まらせたいから。卵は直より小皿から鍋に入れた方が、綺麗な形に仕上がるんだよ」

「「「なるほど」」」

「ちなみに激しく掻き回すと……ああなる」

話を聞かないリリアンは、楽しそうにお湯を勢いよく掻き回しているので、卵が割れてぐちゃぐちゃだった。

あれで本当にパン作りが上手いというのだから、世の中不思議過ぎる。

「とりあえず、具材の準備は出来たのでソースを作ろう」

この料理はソースがメインと言っても過言じゃない。

個人的には、このソースを茹《ゆ》でたアスパラガスに付けて食べるのが一番好き。

「ソース？　マヨネーズみたいな物か？」

莉奈が卵を割り始めたので、近くにいた料理人が訊《き》いてきた。

「乳化させるってところは似てるけど、別物だよ。味見したいなら――」

「「「じゃがいもだ‼」」」

ここで速攻でじゃがいもが出るあたり、皆も進化しているよね？

口にした事がないものでも、何が合うかすぐに想像出来るのだからスゴい。食の探究心に感心する。

「まず、鍋に水を入れてお湯を沸かす。沸く間にボウルに卵黄、レモン汁を入れて良く混ぜておく」

「お湯も使うのか？」

「ボウルを重ねて湯煎《ゆせん》するからね」

ボウルが重なるくらいの小鍋で、莉奈はお湯を沸かしておいた。

鍋が小さめだとボウルはお湯にしっかり浸からないし、逆に大き過ぎると蒸気や熱気でボウルを抑えている手が熱くなるから、鍋の大きさは意外と重要だ。

「で、もう一つのボウルにはバターを入れて、こっちも湯煎で溶かす」

「バターも使うのか」

「うん。今作ろうとしているのはバターを使った……オラ……オラ」

オラなんだっけ？

「オランウータン？　違うな。オラオラソース？　オレンジでもオランダでもないし……なんだっけ？」

卵黄とレモン汁を混ぜ終えた莉奈は、バターを湯煎で溶かしながら首を捻《ひね》っていた。

日本食なら馴染《なじ》みがあるので記憶に残りやすいが、海外の料理の名前は聞き慣れないので覚えていない事が多かった。

皆も知らないのだから適当に付けて教えてもイイのだろうけど、それもどうかなと思わなくもない。

「オランウータンが違うのだけは分かるよ」

近くで工程を見ていた料理人が笑っていた。

オランウータンは動物だ。動物の名前がソースに付かない……とは言い切れないが、莉奈の呟《つぶや》きから絶対違うと感じたのだ。

「まぁ、とにかくお湯が沸いたら、この鍋の上にボウルを重ねて湯煎しながら攪拌する」

莉奈はそう説明しながら、卵黄とレモン汁が入っているボウルを、お湯の張った鍋の上にのせ泡立て器で攪拌させ始めた。

この時、お湯はグラグラさせない。ボウルは回しながら八の字を描くように混ぜるのが上手くいくポイントだ。

「慣れない作業だから、初めのうちはここに大さじ一杯くらいの水を入れておくと、失敗しにくい」

水を入れておくと、卵黄がゆっくり温まるので失敗しにくいとか。

まぁ、失敗する時は何をしてもするけど。保険はあった方がイイよね？

「攪拌させていると、卵黄が泡立って全体的にふっくらしてくる」

「ちょっと白っぽくもなってきたよね」

「うん。そうしたら、一旦《いったん》湯煎《ゆせん》から外して、ボウルの底からしっかり混ぜる。で、また湯煎にかけ攪拌。外して攪拌。これを何度か繰り返していくと、緩めの生クリームみたいにもったりとなる。ここまで混ざると、泡が均一になって卵臭さもなくなるんだよ。こんな風に」

莉奈が泡立て器をボウルから少し外し、垂れてくる泡立てた卵黄を八の字を描くように動かした。

泡だった卵黄で、八の字がなんとなく描ければ大丈夫だ。

泡立て器から卵黄が落ちなければ湯煎のし過ぎ、逆に緩ければ泡立て器を持ち上げてもくっついてこない。なので、加減は必要だ。

「さて、こうなったら湯煎から下ろして、今度はここに溶かしバターを入れていく」

「ここでバターなんだ」

「初めから入れないのは？」

「卵黄が泡立たないからだよ。後はマヨネーズみたいに乳化しないからじゃない？」

全部いっぺんに入れて混ぜてもマヨネーズが出来ないように、コレもダメな気がする。

それを感覚で知っている莉奈は、失敗しそうな料理に関しては、レシピを無視して作るなんて事、滅多にしない。

ある程度慣れたら、やり方を無視したり工程を飛ばしたり、あるいは違う方法からも出来るけど……コレは無視したら絶対失敗する気がする。

「溶かしバターは、上澄みの透明な部分だけ使う」

透明なベッコウ色で綺麗な部分だ。下の白い部分は使わないのがポイント。

「上だけ？」

「そう。上の〝澄ましバター〟だけを使う」

「〝澄ましバター〟」

「ちなみに下に沈んでいる白い部分は――」

「バターミルクでしょ？　バター作りの時に出来るから知ってる！」

バター作りの工程を知っている料理人から声が上がった。

彼女は、何かで知るキッカケがあったのだろう。

元いた世界では、バターミルクに限らず、大抵の人達は既製品しか買わないから、何かキッカケがなければ知らないままの事も多い。

初めから全く興味がない人とか、訊いても頭に残らないリリアンみたいな人は措いとくとして、そもそも知る環境がなければ情報は入らないからね。

だって、マグロや魚が、スーパーで売られている切り身（柵《さく》）の状態で海を泳いでると、本気で思っている子供もいるって聞いた事がある。

要は知る機会がなければ、そう思い込んだまま大人になるかもしれないって事だ。その事実を知った莉奈は、ものスゴイ衝撃を受けたのを覚えている。どうしてそう思ってしまったのか。どんな環境で育つとそうなるのか。

莉奈は衝撃のあまり、弟に「これは魚を切った姿だからね？」って刺身を指で差して言った事があった。

『え？　そんな事、知ってるよ？』

大丈夫お姉ちゃん？　と逆に心配されたのが懐かしい。

「澄ましバターだけ使うのは何で？」

「バターミルクも入ってると、乳化しづらいと聞いた気がする。分からなければ――」

「「試さないよ⁉」」

確かに試した方が理由は分かりやすいが、失敗する可能性しかないのにやりたくない。

料理人達は速攻でツッコミを入れたのであった。

「で、ボウルの底に残ったバターミルクは、パン生地を作る時に混ぜると美味しいよ？」

ソースに使うのもアリだけど、パンが主食な世界だから、パン生地に入れるのが一番ではなかろうか。

「パン生地にか！」

なるほどと、料理人達が頷《うなず》いていた。

パンに塗って食べてはいたが、生地自体には入れた事はなかったそうだ。

「話が逸れたけど、泡立てた卵黄に温かい澄ましバターを、糸のように少しずつ入れる」

「マヨネーズの時の油と同じなのね？」

「そう。一度にドバッと入れちゃうと終わる」

そうなると、いくら混ぜてもマヨネーズ同様に乳化せず、分離して失敗する。

まぁ、そこからもう一度、乳化させる方法もあるけど。

失敗した材料をそのまま、新しく用意した卵黄に少しずつ混ぜていけば、また乳化して固まるんだよね。マヨネーズも失敗したら、捨てないでそうやり直せば大丈夫。

マヨネーズの時に失敗しなかったから教えてなかったけど、リリアンみたいに適当な人がいるから、後で教えておこう。だって、失敗したからって捨てちゃうのはもったいないからね。

「上手く乳化させるには、バターを垂らす所を集中して混ぜるのがポイントかな？　しっかり乳化させたその部分を中心に、後は混ぜる感じ」

「なるほど。マヨネーズでその工程は慣れてるから、出来そうだな」

やり方を教わりながら、手の空いている料理人達は自分でもやってみようと、材料を用意し始めていた。

百聞は一見にしかずである。

「ソースが出来たら、仕上げに塩や胡椒《こしょう》、カイエンペッパーとか好みの調味料で味を整えて出来上がり。酸味が好きな人は、レモン汁はこの段階で入れるとイイ。ちなみに、レモン汁じゃなくて白ワインビネガーを入れると、風味がガラッと変わるよ？」

「「「白ワインビネガー」」」

なら断然白ワインビネガーだと、料理人達が用意し始めたので、莉奈は笑ってしまった。

白ワインビネガーは酒精分《アルコール》はほとんどないけど、敏感な人だとこの微量でも気になるんだよね。お菓子に風味程度で入っている洋酒も、弟はすぐに気付いたくらいだし、苦手な人なら余計だろう。

だから、エギエディルス皇子の分は当然レモン汁で作る。

アルコールを摂取すると色んな意味で危険なシュゼル皇子もこのくらいなら平気だと思うけど、何かあったら怖いのでレモン汁の方でいこう。フェリクス王は断然白ワインビネガーだろうから、後で作っておかなくてはと思う莉奈だった。

「さて、ソースが出来たので、後は用意した具材を順にお皿にのせていこう」

莉奈は早速、棚から平たいお皿を手に取った。

だが、センスが斜め上のリリアンは、お椀《わん》型のスープ皿を用意した。お椀なんてあり得ない。斬新を通り越してどうかしている。

「まずは軽く焼いたパン。その上にカリカリのベーコン、ポーチドエッグ」

「卵がぐしゃぐしゃだけど、まぁ口にしちゃえば同じ同じ」

何が同じなのかとリリアンの盛り付けを横目で見れば、失敗したポーチドエッグがベーコンの上にデロンとのっていた。

それはたぶん、残念なかき玉だと思う。

「で、今作ったオランウータンソースを多めにかけて――」

「たっぷり、たっぷり～」

「リリアン、お前……スープじゃないんだぞ？」

莉奈は、リリアンの盛り付けが気になってしょうがなかった。

多めにも限度があるよね？　それはたっぷりどころかヒタヒタって言うんだよ。リリアン。

「その脇にアボカドとアスパラガス、ベビーリーフを添えれば、〝エッグベネディクト〟の出来上がり」

「アボカドは潰《つぶ》した方が食べやすいーー」

「リリアン、アボカドを握《にぎ》り潰すな。汚いから‼」

結局リリアンは、それは責任持って自分で食べろと怒られていた。

リリアンの作ったエッグベネディクトは、黄色いソースの湖に、少し焦げたパンが浸り、その上にグチャデロのかき玉モドキ。さらにその上や周りに握り潰されたアボカドが、べチャッと散らばっていた。

盛り付けは自由だと思うけど、それにしたってセンスの欠片もない。

莉奈は改めて、料理は視覚、嗅覚《きゆうかく》、味覚を通じて食べる物なんだなと、つくづく思った。

作りながらソースの名前を思い出そうと努力したけど、リリアンが気になって結局思い出せなかった。

もう今日は思い出せる気がしない。しばらくコレはオランウータンソースでイイやと、開き直った莉奈だった。


「「「これが、エッグ……ベネディクト」」」

リリアンのはともかく、莉奈の作った方はオシャレで美味しそうな料理だ。

この新作のソースもオランウータンソースが正式名称じゃなさそうだけど、どんな味がするのだろう。

皆はマヨネーズとはどう違うのかと、スゴく気になっていた。

「なんか、名前からして庶民的な料理じゃなさそうだな」

「ハムエッグが庶民的なら、コレはお貴族様って感じ」

「ソースの味が気になる」

騒めく皆の分のオランウータンソースを残し、莉奈はフェリクス王達の分と、リック料理長達の分を手早く盛り付けし、食堂に向かった。

リック料理長とマテウス副料理長は、待っている間手持《ても》ち無沙汰《ぶさた》だったのか、メモ帳を取り出して何か話をしていた。

どうやら、ポーチドエッグの作り方を見届けた後は、最近試作している料理のレシピの情報を交換している様だった。

リック料理長は言わずもがなだけど、一見チャラそうに見えるマテウス副料理長もかなりの勉強家である。

「お待たせ」

莉奈が来た事を察した二人は、パッと嬉《うれ》しそうな表情に変わった。

そわそわとしながら、莉奈が目の前に出してくれる料理を忠犬のように、待っている。

平たい白いお皿に、自分達が新しく作ったモラセス入りの茶色いパン。その上にカリカリのベーコン、半熟のポーチドエッグ。そして、マヨネーズより少し濃い黄色のソースがトロリとかかっていた。

マヨネーズに似て見えるが、マヨネーズではない。何のソースなのだろうと二人はソースに釘付《くぎづ》けだった。

「『コレは？』」

「〝エッグベネディクト〟」

本来なら、イングリッシュマフィンで作るんだけど、ないからモラセス入りの焦茶色のパンで作ったのだが、どうなんだろう？

モラセス入りのパンは少しクセがある。だけど、ふんわり甘めだし塩気のあるベーコンとオランウータンソースを引き立てるのでは？　と勝手に想像する。

――あれ？

良く考えたらモラセス入りは少し甘いし、フェリクス王には不評ではないのかな？

フルーツサンドを作るついでに、柔らかめの普通のパンでも作っておこうと莉奈は思うのだった。

「この少し黄色がかったソースは？」

「オランウータンソース」

「『オラ……絶対に違うな』」

莉奈がシレッと適当な事を言えば、リック料理長とマテウス副料理長は笑っていた。

正式名称など知らないが、二人にもしっかりそれは違うと直感が働いていた。

「さっきからずっと考えてるんだけど、全く思い出せないんだよね」

味噌汁《みそしる》とか肉じゃがとか、日常的に食卓に載っていれば覚えているんだけど、普段あまり作らない料理は記憶が曖昧《あいまい》だ。

レシピは頭に浮かぶのに、名称が浮かばないなんてもう笑うしかない。

「もう、リックさん達が名付けちゃえば？」

この世界に同じモノがないなら、好きに付けちゃえばイイ。

莉奈はそう思ったのだが――

「思い出したら教えてくれ」

速攻でリック料理長に却下されてしまった。

適当だと、モヤッとするそうだ。

莉奈もそれは何となく分かる気がするので、強く返さなかったのだった。


「「んっ⁉」」

リック料理長とマテウス副料理長は、まずはソースだとエッグベネディクトの脇に添えてある黄色いソースだけをスプーンにすくい口にした。

見た目はマヨネーズに似ているが、口に含んだ途端にバターの香りが鼻から抜ける。そして、次に口に広がるバターの濃厚な味とコク。

これだけバターをふんだんに使っているのにもかかわらず脂っこくないのは、卵黄とレモン汁のおかげだろう。卵黄がバターの濃厚な味をまろやかにさせ、レモン汁のほのかな酸味が、バターソースを引き立てるだけでなく、サッパリさせていた。

マヨネーズが最強なら、コッチのバターソースは最高ではなかろうか。

「パンをナイフとフォークで食べるなんて、考えた事もなかったな」

「ですよね。んん！　このソース、半熟卵を軽く混ぜてパンに付けると、パンがものスゴくウマい」

「パンだけじゃないぞ？　アスパラガスにも付けてみてくれ。アスパラガスってこんなに美味かったっけ？　ってなぐらいに美味しいぞ」

「んんっ！　本当だ。アスパラガスがスゴくウマい。普通のパンでも試してみたいですね」

「だな。後はじゃがいも」

オランウータンソースは概ね高評価な様だ。

となると、後は名称を思い出すだけだ。

だけど、考えるとすぐ頭に鼻の下が長い〝オランウータン〟が浮かんじゃって、微塵《みじん》も思い出せないんだよね。

美味しい美味しいと、ソースの分析をしながら食べているリック料理長達を見ながら、莉奈はしばらく考えていたが……やはり思い出せない。

「まっ、しばらくはオランウータンでいいか」

その内に思い出すでしょうと、莉奈はやっぱり切り替え……いや、諦《あきら》めたのだった。

◇◇◇

「俺はマヨネーズが最強だと思っていた訳よ。だけど、今はパンにはこのソースが最高だと思う」

「分かる。分かるが、俺は断然マヨネーズ派だ」

「私はこの……オラ、オランウータンソースかな？」

「「「オランウータンソース」」」

莉奈が厨房《ちゆうぼう》に戻ると、皆が試食会を開いていた。

そして、莉奈が適当に言ったオランウータンソースを、口にしては笑っていた。楽しそうで何よりだ。

……まぁ、朝食が終われば地獄が訪れる訳だけど。

「で、リナはヒッソリ何を作り始めてるんだ？」

皆がオランウータンソースに沸いている隅で、莉奈が一人静かに作業を始めていたことに、誰ともなく気付いた様だ。

ワイワイと話しながらも、食堂から戻って来た莉奈をしっかりと横目で確認していたらしい。

「シュゼル殿下用のフルーツサンド」

「『フルーツサンド』」

食パンではないけれど、モラセス入りの黒いパンで作ろうかと思う。

焦茶色のパンに白い生クリームは映えるし、花を模した果物は綺麗《きれい》だよね。

「わあっ、生クリームたっぷりでケーキみたいだね」

「ええ!? 苺《いちご》は丸ごとパンに入れるの？」

「マスカットも粒のまんま？」

「『豪快じゃない？』」

莉奈はパンに生クリームをのせた後、ほとんどの果物を細かく切らずに丸ごと入れていた。

適当な大きさに切るだろうと想像していた料理人達は、目を丸くさせている。

だって食べやすさより、映え重視のフルーツサンドだから、丸ごとは仕方がない。

しかし、毎回料理を作っていて思う事は、料理もセンスが大事だなって事だ。盛り付けなんてお皿選びから食材の配置、ソースの垂らし方、その全てにセンスが必要だと思う。

今作っているフルーツサンドも、パンを半分に切った時に綺麗に見える様、中央に果物を配置するのは意外に難しい。ちゃんと計算しないと中央からもズレるし、包丁で切った時に残念な果物の花が咲く。

頭の中である程度、切った後にどう見えるか想像が出来ないと、花にすら見えない。

「パンに生クリームと果物を挟んだら、紙にしっかり包んで一旦《いったん》冷凍庫か冷蔵庫で冷やす」

生クリームはしっかり冷やした方が綺麗に切れるからだ。

生クリームが柔らかいとグチャグチャな仕上がりになりやすい。

「お前……それシュゼル殿下が作って下さった冷凍庫か」

「だよ？　だって、厨房に置いといても誰も使わないいんだもん」

リック料理長が驚くのも無理はない。

莉奈が一旦フルーツサンドを冷やすために魔法鞄《マジックバッグ》から取り出したのは、王宮こと銀海宮であまり使われていない例の冷凍庫だった。

料理に魔法が活用出来ると知った料理人達は、アイスクリームもカクテルも魔法でキンキンに冷やして魔法鞄《マジックバッグ》にしまうから、冷凍庫の必要がない。

飾りになっちゃってもったいないから、莉奈は自分専用に貰《もら》ったのだった。

「持ち歩いてんのかよ」

莉奈が貰ったのは知っていたが、まさか魔法鞄《マジックバッグ》に入れて持ち歩いているとは思わなかったらしい。

厨房に戻って来たマテウス副料理長も、目を丸くさせていた。

「だって、シュゼル殿下のアイスクリームを作るのに必要だし」

「お前、魔法を使えたんじゃないのか？」

「氷魔法って想像以上に調節が難しいんだよ。しかも、アイスクリームを作るには一気に凍らせるとダメだから」

「あぁ、ただ凍らせればって話じゃないもんな」

莉奈が説明したら、マテウス副料理長は苦笑いしていた。

アイスクリームはシャーベットと違って、一気に凍らせて作る氷菓子ではない。

あの滑らかな舌触りにするには、空気を含ませなければならない。なので、ゆっくり凍らせながら攪拌《かくはん》する工程がある。それを怠ると、シャリシャリして舌触りも悪く美味しくないのだ。

莉奈は魔法を使えるが、高度な技は使えない。性格が大雑把なせいか、元から苦手なのか練習不足か、あるいはそのすべてか。とにかく、細かい魔法は苦手だった。

「もぉ、指からアイスクリームが出ればイイのに……」

莉奈は堪らず呟《つぶや》いていた。

願いを叶《かな》えてこそ魔法ではないのか？

今欲しい物がパッと手を翳《かざ》してパッと出てくればイイのにと、莉奈はボヤかずにはいられなかった。

「「「……」」」

その呟きを聞いていたリック料理長達は、顔を見合わせると苦笑を漏らしていた。

莉奈の考える〝魔法〟の概念が、自分達とは全く違う。

指から食べ物を出そうという発想がまずない。そして、万が一出るとして、それはどう出てくるのか。もし、ニュルッと出てくるのだとしたら、それを口にするのはなんか抵抗感がある。

莉奈の発想力はいつも斜め上なんだよなと、笑う皆なのであった。


「わぁ！　パンを切ったら、花が咲いた」

「まさか、苺やマスカットが花になるとはな」

「そっか、この茎はキウイだ」

莉奈が、冷凍庫で十分ほど冷やしたフルーツサンドを、包んだ紙のまま包丁で真ん中から切れば、料理人たちから驚きの声が上がった。

莉奈が果物を入れていた時は、大雑把な莉奈だから丸ごとだと思っていた。

だが、それすら計算だったのだろう。包丁で真ん中を切れば、キレイに配置された苺やマスカットが花に見え、キウイが茎や葉になっている。果物で、見事な花が咲いていたではないか。

茶色のパンに白い生クリーム、苺やマスカットやオレンジなど、色とりどりでカラフルなサンドウィッチは、見た目が華やかなだけでなく美味しそうだ。

「パンが丸いから安定感はないけどね」

四角い食パンではないから、半分に切っても三角にはならないため立たない。

お皿にのせるなら半分を横にして、その上にもう半分を立てかければ見栄えはいいだろう。

「安定。そうか、三角……いや、四角いパンか」

「金物屋に型を作ってもらって、四角い型で焼けば出来そうですね」

皆が華やかなフルーツサンドから目が離せない中、リック料理長とマテウス副料理長は莉奈の呟きから、パンの形を考えていた様だった。

丸いか長細いパンが主流ではあるが、四角や三角がダメなんて制限などないのだ。なら、莉奈が言うように四角いパンもありだ。

パン生地をそのまま置いて焼けば丸くなってしまうが、型を使ったらどうなるのだと、リック料理長とマテウス副料理長は話に花を咲かせていた。

「まぁ、こういうインパクト重視な料理って、もれなく食べづらさが付いてくるけど」

初めて食べた時、莉奈はどう食べるのが正解なのか分からなかった。

とにかく、果物が丸ごとなので食べづらい上に、噛《か》んだ瞬間グチャッと生クリームが横から出たり果物が落ちたりで、すぐ崩壊するよね。

「「「確かに」」」

思う所があるのか、料理人達は大きく頷《うなず》いていた。

見た目もほどほどにしないと、食べづらさが勝つ。

「あ、もうすぐ朝食の時間だ」

莉奈が何となくお腹の感じから、食堂の壁に設置してある機械式時計《クロック》を見たら、もうすぐ七時を指す所だった。

ちなみに値段は可愛くないし、メンテナンスにもお金が掛かるので、一般庶民にはまったく手が出ない。

以前、王都リヨンに出た時に見かけたけど、街のほぼ中央にはこれより遥《はる》かに大きい機械式時計が設置された立派な建物がある。

何階建てか忘れたあの建物は、ただ時計を見るための時計台だけでなく、市庁舎や冒険者ギルド、商人ギルドとしても使われているのだとかで、とにかく大きくて目立っていたのを何となく覚えている。

他には市場や公共広場にも、公共用として様々な時計台《クロックタワー》があるらしい。

貴族や商人など一部のお金持ちは除くとして、各家庭には時計などないので、この時計台が鳴らす鐘を目安に行動するとか。

王宮は数時間毎で夜中は鳴らないが、街は朝六時から夜六時まで一時間毎に鐘が鳴るみたいだった。

◇◇◇

「んじゃ、イベールさんが来る前に、朝食を届けに行って来るね」

無言の圧力に晒《さら》される前に、ササっと先に行ってしまおうと莉奈は思ったのである。

「夕食はカツだよな？」

執事長イベールが紅茶を淹れ、莉奈が朝食を用意しようとしていたら、エギエディルス皇子がキラキラした瞳《ひとみ》でそう訊《き》いてきた。

まだ朝食の段階なのに、既に夕食に出るカツを待ち侘《わ》びているらしい。そんな末弟皇子が可愛いのか、フェリクス王が小さく笑っていた。

「エビフライは？」

「いる‼」

なら、夕食に用意しておくと伝えれば、エギエディルス皇子は嬉《うれ》しそうにしていた。

本当にエギエディルス皇子は可愛い。

莉奈も朝からホッコリするのだった。

「ベーコンエッグ？」

先程作ったばかりのエッグベネディクトがテーブルに並べば、エギエディルス皇子が興味津々という表情をしていた。

卵にベーコン、確かにベーコンエッグである。

「〝エッグベネディクト〟。まぁ、豪華版のベーコンエッグみたいな物」

なんか違う気もするけど、ザックリならそうだろう。

「コレはマヨネーズか？」

「違うよ。えっと、オラン……ウータンソース？」

「『オランウータンソース？』」

「適当にも程がある」

莉奈がそう言った途端、エギエディルス皇子とシュゼル皇子は眉根《まゆね》を寄せ、フェリクス王は呆《あき》れていた。

どう考えても莉奈の嘘だと分かったらしい。

「いくら考えても、名前を思い出せないんですよね～」

ヒントでもあれば思い出すのかもしれないが、ヒントも何も誰も知らない。

この世界にない以上、ヒントを知っているとしてもそれは莉奈以外にあり得なかった。

「にしても、どういうネーミングセンスをしてやがる」

「ネーミングはともかく、バターの香りとコクのある美味しいソースですよ？」

「アスパラガスがウマイ‼」

わざわざ奇妙な名前にしなくとも、他にも色々と言い様があるだろうと、苦笑いが漏れるフェリクス王。

それに対し、莉奈が適当なのは今に始まった事ではないのでどうでもいいシュゼル皇子と、美味しければ何でもいいエギエディルス皇子は、すでに口にしていた。

「あぁ、バターソースか。この〝ケイドリルソース〟」

「そうですね。マヨネーズも美味しいですが、パンにはこの〝ブラッザグエノンソース〟が美味しいと思います」

「俺はじゃがいもにはマヨネーズだけど、アスパラガスはこの〝ゴリラソース〟が合うと思うな！」

莉奈が適当なソース名にしたせいで、フェリクス王達までもが揶揄《からか》って言っていた。

聞いた事がない名前だけど、エギエディルス皇子がゴリラと言っているのだから、フェリクス王が言うケイドリルも、シュゼル皇子が言ったブラッザグエノンも、猿系の動物か魔物なのだろう。

莉奈は苦笑いしていたけど、控えていた侍女達が何とも言えない表情をしていた。

「ん、半熟卵を割ると、また味が変わりますね」

シュゼル皇子はエッグベネディクトが口に合ったのか、ゆっくり堪能している様だった。

「ベーコンの端がウマイ」

エギエディルス皇子は、カリカリに焼いてあるベーコンが香ばしくて好きみたいだ。

「お上品過ぎて、俺には似合わねぇ料理だな」

フェリクス王がそうボヤいていたけど、そのボヤきと食べ方が合わなくて、莉奈の頬が自然と緩む。

だって、お上品だなんだとボヤいている割りに、食べ方はもの凄《すご》く上品で綺麗《きれい》なのだ。それが莉奈的には妙にツボってしまった。

外見と言動がここまで伴わないなんて、なんかギャップ萌《も》えだ。

綺麗な人が、クチャクチャ物を食べる姿は幻滅だけど、逆って何故か萌えるよね。

まぁ、フェリクス王は怖いだけで、ものスゴーーく美形だけど。眼福って言葉は、この王族達の為にある言葉だなと、莉奈はニヨッとしていた。

そんな邪な莉奈が見ている中、フェリクス王達は、半熟卵を絡めたり添えてあるアボカドと一緒に食べてみたり、色々と楽しんでいる様だった。

この新しいソースはマヨネーズとは違って、バターの良い香りが鼻に抜け、濃厚な口当たりが野菜やパンとマッチする。

半熟卵をナイフで割り、黄色いソースと絡めてみれば、さらに濃厚さが増す。だが、バターの主張は柔らかくなり、ベーコンと一緒に口にすると香ばしさも加わるのだ。

ただのバターより、複雑で濃厚な味。しかし、クドくなく食が進む。

少し残ったソースを拭《ぬぐ》うように、最後に残しておいたパンを滑らせれば、お皿も満足気に輝いていたのであった。


「はぁ、ごちそうさまでした」

他に出ていたスープなどの料理も食べ終えたシュゼル皇子は、深い深いため息を一つ吐《つ》いていた。

莉奈にはよく分からないけど、彼にとって食事とは面倒な仕事の一つだもんね。

「え？」

食事を終え紅茶でひと息吐いていたシュゼル皇子が、チラッと莉奈を見るものだから、思わずビクリとしてしまった。

もはや、反射だよね。

「少々お待ち下さい」

シュゼル皇子にニッコリと微笑まれ、莉奈は慌てて魔法鞄《マジックバッグ》からデザートを取り出した。

新作のデザートがない時は、大抵の場合アイスクリームだ。

だって、アイスクリーム皇子だもん。

「あ、フルーツサンドを作りましたけど――」

「いただきます」

食後のデザートには多いかなと、莉奈は一応言おうとしたのだが、説明すらさせてもらえなかった。

とりあえず出せという事だろう。まぁ出しますけど。

「「……!」」

紙に包んで半分に切ってあるフルーツサンドを見て、シュゼル皇子とエギエディルス皇子が目を見張っていた。

パンの焦茶色と生クリームの白のコントラスト。そこに、苺《いちご》やキウイ、バナナなど色々な果物で模した花。見た目はスゴく華やかである。

「何だコレ。パンが茶色い」

「あぁ、花は果物ですか。可愛いですね」

「……」

弟達が楽しそうにしている横で、兄王は眉根に皺《しわ》を寄せていた。

生クリームと果物なんて、フェリクス王の嫌いな物だもんね。

ちなみに、エッグベネディクトのパンは皆、普通のパンにした。フルーツサンドとかぶっちゃうのはどうだろうと、思ったからだ。

「何故、パンが茶色なんですか？」

「お前、何か変なの入れたか？」

シュゼル皇子はともかく、エギエディルス皇子は失礼なんだけど？

「入れてない。生地にモラセスが入ってるんですよ」

「モラセス？　何だそれ？」

「廃蜜《みつ》糖の？」

「そうです。少しクセはありますけど、美味しいですよ？」

エギエディルス皇子はモラセスが分からず、シュゼル皇子に訊いていた。

「ん。モラセス特有の風味がしますが、生クリームと合いますね」

少し食べづらいと苦戦しながらも、シュゼル皇子は上品にフルーツサンドに齧《かじ》り付いていた。

苺のブラックベリーは粒が大きいから食べづらいが、マスカットの方はそれに比べれば食べやすい。だからか、そちらを先に食べていた。

「シュゼ兄。よく食うな」

エギエディルス皇子が唖然《あぜん》としていた。

自分はお腹が一杯なのに、少食だと思っていた次兄が、デザートにしては量のあるフルーツサンドを口にしている。

莉奈が来るまで、ポーションしか口にしていなかったのは一体何だったのか。エギエディルス皇子は首を傾げたくなっていた。

しかも、しっかりと食事を摂るようになったおかげで肌艶《つや》もよくなり、元より良かった美貌《びぼう》に、さらに磨きが掛かっている気がするのだ。

「デザートは別腹ですからね」

ほのほのと微笑むシュゼル皇子を横目に、エギエディルス皇子は後で食べると魔法鞄《マジックバッグ》にしまっていた。

「練乳入りの苺ミルクあるけど？」

「飲む‼」

ならばと、甘々の苺ミルクはどうするか訊けば、嬉しそうな返事が返ってきた。

シュゼル皇子からはキラッとした輝かしい笑顔しか返ってこなかったけど。

「甘くて酸っぱくて、ウマ〜い！」

「ん〜、口が幸せ」

練乳入りの苺ミルクを飲んだエギエディルス皇子も、シュゼル皇子もスゴく満足そうだ。

それを見ていたフェリクス王は、朝からゲンナリなご様子だった。

◇◇◇

食べ終えた後の片付けは侍女達の仕事なので、莉奈はリック料理長達が待つ白竜宮に帰ろうと踵《きびす》を返したら――

フェリクス王から声が掛かった。

思わず肩がビクリとしたのはご愛嬌《あいきょう》だ。断じて後ろめたい事がある訳ではない。

「来週、ウクスナに向かう」

「はぁ……？」

莉奈は思わず首を傾げた。

ウクスナがどこかよく分からない上に、そこへ向かう事を、何故自分に伝えるのか理解不能だったのだ。莉奈に報告する義務などないのだから。

「カカオ豆探しですよ。リナ」

「……」

首を傾げていたら、シュゼル皇子から嬉《うれ》しそうな声が掛かった。

カカオ豆探し。この世界ではカカ王と呼ばれるモノを探す旅。いや、出張？

声を掛けられたということはつまり、フェリクス王だけでなく莉奈《じぶん》もという事だろう。しかし、マジで自分も行かねばならないのかな？　と莉奈は思わずフェリクス王を見た。

「お前に支度が必要とは思えねぇが、準備しとけ」

助けを求めてみたのだが、フェリクス王から返ってきたのは、ただの悪口でありディスりだった。

確かに、令嬢ではない莉奈に大した準備は必要ないが、ものスゴくバカにされた感じがする。

「乙女の端くれとして、準備しておきます」

だが、文句を言ったところで今度は執事長イベールの説教が始まるだろう。それに、出張する事に否と言えなそうなので、とりあえずキリッと言ってみた。

「端が遠くて見えねぇ」

「エド？」

エギエディルス皇子が笑いながらボソリと何か言っていたので、莉奈は睨《にら》んでおく。

よく聞こえなかったが、絶対に失礼極まりない事だ。だって、フェリクス王達が笑っているのだから。

「エギエディルスも準備しとけ」

「了解」

カカ王探しはイヤだなと思っている莉奈だったが、エギエディルス皇子は真逆だ。

いつも王城に置いてきぼりだから、一緒に行けて素直に嬉しいのだろう。

だけど、ウクスナってどこだっけ？

記憶にない莉奈は、後で誰かに訊《き》いておこうかなと、思うのであった。

◇◇◇

「ウクスナ？」

「ウクスナってどこだっけ？」

「何か聞いた事があった様な」

白竜宮の厨房《ちゅうぼう》に戻って皆に訊いてみたら、皆聞いた覚えはあるけど、分からないとの事だった。

やっぱり遠慮せずに、フェリクス王に訊けば良かったのか。莉奈がそう肩を落とした時、カウンター越しに答えが降ってきた。

「最近、グルテニア王国から離脱して、国を興した公国ですよ」

誰かと思ったら、油断すると地が出るゲオルグ師団長の補佐官、マック＝ローレンだった。

「あぁ、シュゼル殿下が最近そんな話をしていたかも」

莉奈は何となく思い出してきた。

グルテニア王国と何があったか知らないが、国が分かれた様な話をしていたなと。

「現地調査も兼ねて向かうみたいですね」

「偵察の間違いじゃ」

ローレン補佐官がワザと間接的に言ってくれたのだが、莉奈は思わずツッコんでしまった。許可も取ってないだろうし、まして他国なのだから、現地調査でも何でもない。ただの偵察だ。

そう言ったら、ローレン補佐官にニッコリと微笑み返された。

皆まで言うなって事だろう。

「あれ？」

フェリクス王が冒険者紛いの事をやっていたのは、もしかして趣味と実益を兼ねた行動なのでは？　と莉奈は今更ながらに気付き、背筋がゾクリとした。

普通なら、身分もあるし危険も多いから旅も冒険も、単身では難しい。だが、フェリクス王は国王である前に魔王だ。何ものをも恐れず諸国漫遊が出来る事だろう。

しかも、自家用ジェットの竜までいるし、行こうと思えば世界の隅々まで行ける。冒険者同士のネットワークも持っている。

フェリクス王って、ひょっとしなくても他国の王すら知らない、情勢まで知っている……のかもしれない。

そう考えたら、莉奈の背筋がさらに冷えた。

世の中知らない方がイイ事が多いよね。莉奈は深く考えるのをヤメた。

「国が不安定な場所は、魔物も多く凶暴になりがちですから気を付けましょうね？」

「……気を付けましょうね？」

莉奈はローレン補佐官の言った言葉に違和感を覚えて、思わず眉根《まゆね》を寄せていた。

〝気を付けて下さい〟なら分かるけど、〝気を付けましょうね〟だ。

莉奈の勘違いでないなら、それはお互いに気を付けましょうって事だと思う。

「私も同行する事になりました」

「え？」

「陛下の足手纏《あしでまと》いにならないか、今から緊張で吐きそうなんだけど」

本当に緊張しているのか、莉奈にしか聞こえないようこっそりと地を出していた。

莉奈は勝手に、フェリクス王とエギエディルス皇子と三人かと思っていたら、ローレン補佐官も一緒らしい。そう言ったローレン補佐官の顔色は、あまり良くない。

ただでさえ、王と一緒の空間にいれば緊張するのに、公務に同行ともなれば、さらに肌がヒリつくとか。

フェリクス王の剣技や実戦を間近で見られる好機だと嬉しい反面、足手纏いになりそうで怖いようだ。

「楽しんじゃったモノ勝ちでは？」

フェリクス王は、自分を護って欲しくてローレン補佐官を連れて行く訳ではないだろう。なら、普段絶対に見られないフェリクス王の戦いを砂かぶり席で見られるのだと、純粋に楽しんじゃえばイイと思う。

「私は繊細なんですよ」

「……」

あなたと違ってという意味に聞こえたんですが、今サラッとディスられました？

思わずジト目で見たら、ローレン補佐官が目を逸らした。やっぱり、今の言葉には含みがあったに違いない。

「リナ、ウクスナに行くの？」

ローレン補佐官との会話を聞いていた料理人達が、ザワついていた。

莉奈が王城外に出る事が稀《まれ》だからだろう。

莉奈も許可さえ得れば城の外に行けるのだろうが、もし出掛けて戻って来た時に、自分の居場所がなくなっていたらって考えたら不安だったのだ。

だって、莉奈《じぶん》はこの王城の居候であって、ここは我が家じゃない。

いつも「おかえり」と迎えてくれる保証なんて、どこにもないのだ。それが無性に不安で怖い。

だが今回は王族達との出張なので、少し心強い。

「何日くらい行くんだ？」

「しらん」

リック料理長に訊かれて、日程も何も聞いていなかったなと、莉奈は今さら気付いた。

「しらんって、誰と行くんだい？」

「……フェリクス王とか？」

「「「……」」」

空笑いでそう言えば、皆は固まってしまった。

莉奈一人だとは考えなかったが、まさか連れがフェリクス王とは想像しなかったらしい。

「お前、大人しくしろよ？」

「ご迷惑を掛けるなよ？」

「物を破壊するなよ？」

「「「いいか。くれぐれもお淑やかに」」」

「「「他国では迷惑を掛けないように‼」」」

何故、何かする事を前提として言ってくるのかな？

まだ出掛けてもいないのに、莉奈が何かする事は決定事項なのか、皆に強く念を押されたのであった。

「さて、昨日のソース作りの続きだけど……」

悲しいかなミキサーがない。

莉奈から深いため息が漏れていた。

「ザルとフキンで濾していくよ」

「カボチャのプリンを作ったみたいにか？」

リック料理長が、咄嗟《とっさ》に似たような工程をした料理を思い出した様だ。

確かにカボチャのプリンも、カボチャを濾したりしたよね。量は大量だけど、その工程に近いかもしれない。

「だね。昨日煮た野菜とかをまずはザルでザッと潰《つぶ》して、その後フキンで濾す。その搾り汁を使って作るんだけど、とにかく最後の一滴まで濾して濾して濾しまくる」

「マジかー」

「この大量のスープをか」

「リナが昨日言っていた意味が分かったよ」

「「「まさに地獄だ」」」

莉奈がこれからやる工程を説明したら、料理人達がやる前から青褪《ざ》めていた。

大鍋《おおなべ》でいっぱい作ったし、気力と体力の勝負だ。

手伝いたいけど、ウクスナに行く準備があるので、頑張りたまえ。

「果てしないとはこの事じゃない？」

「減ってる気がしない」

「終わる気配もない」

自分達がレシピを教えて欲しいと願った以上、やらねばならない。

料理人達はザル係とフキン係に分かれ、昼食の準備の人と交代制にした様だ。ずっと濾す作業だけでは疲労感が半端ないしね。

「あ、濾した後に残る搾りカスも、寸胴か何かに入れて取っといて」

一生懸命に濾している皆を見て、莉奈は慌てて言った。

搾りカスはカスだけど、まだ使い道がある。捨てられたらもったいないと、莉奈は慌てたのだ。

「え？　ゴミじゃないの？」

「搾った残りカスだよ？」

まさに捨てようとしていた料理人達は、ビックリした表情で手を止めていた。

野菜エキスを搾り取った後のコレを、まだ何かに利用するとは思わなかったのだ。だが、鶏の骨さえ出汁に使う莉奈だったと、皆は思い出していた。

「それを使ってカレーを作っても美味しいし……あ、そうだ‼　ついでだから、その搾りカスを使った〝トマトソース〟と〝ケチャップ〟も作っちゃおうか」

何がどうついでだかも、ケチャップが何かも皆には分からないのだ。

新作の料理は嬉《うれ》しい。でも今はソース作りで大変だから、簡単ならイイなと願うばかりだった。

「トマトソースは、ピザの時に作ったソースの別バージョンだよ」

ピザの時に生地に塗ったものとは、また違った味わいのソースだ。

アレンジもたくさんあるので、レシピに終わりはない。

やっとこれで調味料に醤油《しょうゆ》、マヨネーズ、ケチャップ、ソースが揃《そろ》うし、かなりのバリエーションの料理が出来るだろう。

後は味噌《みそ》だよね。味噌の生る木とか実はないのかな。ウクスナに行くのなら、カカオ豆ことカカ王なんかより、味噌がある事を祈ろう。

莉奈の記憶が確かなら、以前カカ王を【鑑定】した時、カカ王の種類の名にウクスナの名はなかった気がした。なら、カカ王はウクスナにはない……ハズ。

カカ王より味噌だ、味噌を探そう。

莉奈はシュゼル皇子の厳命を無視する事にした。

「なるほど？」

「なら、そんなに人数は必要ないな」

「「「ケチャップ⁇」」」

「「「トマトソース？」」」

ソース作りに参加していたリック料理長と、マテウス副料理長が頷《うなず》いていた。

莉奈の簡単な説明だけで、工程の想定が出来るのだからスゴい人達だ。ある程度ソース作りを見たら、リック料理長自らケチャップ作りに参加してくれるとの事だった。


という事で、皆が大鍋の中の野菜類を濾している間、莉奈は出張に持って行く料理を作ったり、下拵《したごしら》えをする事にした。

出来た物をその場で出してもイイけど、それだとつまらないよね。現地で作った方が美味しい料理もあるだろうし、料理以外の準備も色々したい。

他国に行くのはちょっと不安だったけど、一人じゃない。莉奈は修学旅行の前日の様なワクワク感を、やっと感じ始めていた。

まぁ、旅行の準備に料理は変だけど。

莉奈が旅行……もとい、出張に持って行く料理を作ったりその下準備をしたりしていると、疲れた様な声がした。

「リナ～濾し終わったよ～」

大鍋に大量にあった野菜類が、空っぽになっていた。

寸胴鍋《ずんどうなべ》には、搾り汁と搾りカスが綺麗《きれい》に分けられていた。それらを必死にやっていた料理人達は、疲労でヘロヘロの様だった。

でも、そのおかげで搾りカスはペースト状にまでなっている。これを自力でやったのだから尊敬する。

やっぱりミキサーとかフードプロセッサーは偉大だよね。何でも手作業はキツイな、と莉奈は改めて思ったのだった。

「で、これがソースかい？」

「そうだね。ここに塩を足して少し煮詰めれば〝ウスターソース〟。塩は足さないで、コレをそのまま、量を半分以下くらいまで煮詰めてトロッとさせると〝中濃ソース〟の出来上がりだよ」

「ここからさらに二種類のソースになるのか‼」

コレで終わりでなく、工程を少し増やせばまた一つソースの種類が増える事に、リック料理長達は驚愕《きょうがく》していた。

マヨネーズの時のタルタルソースみたいに、コレもバリエーションがあるのかと感服するのだった。

「ソースの味見がしたいなら、キャベツとか……もう、ついでにカツも揚げちゃえば？」

「「「よし、カツだーーっ‼」」」

味見と聞いた途端、疲れていた料理人達が元気になっていた。

美味しい物は疲れた心も体も元気にするって事かな？

――ジュワ。

パン粉という名の衣を纏《まと》った食材達が、油という名のプールにダイナミックに飛び込む様は実に堪らない。

ブクブク、ジュワジュワ、チリチリと耳に心地よい音響。

楽器の音とは違ったメロディーが、皆の心とお腹に響いていた。

味見用として、肉や魚類だけでなく、野菜も揚げている様だった。

とりあえずなのだから、ちょっとで良くないかなと莉奈は思ったのだが、皆が嬉しそうなので黙っていた。

食べろと強制している訳ではないからね。

しかし、食事よりつまみ食いの方が、断然美味しく感じるのは何故だろう。莉奈はカツが揚がる様子を見て、タルタルソースも用意する事にした。

「タルタルソースなんかどうするんだ？」

莉奈が冷蔵庫から取り出したタルタルソースを見て、リック料理長が何に使うのか訊《き》いてきた。

「好みはあるけどエビフライとか、タルタルソースの上にこのソースを少しかけて食べるのも美味しいよ？」

「「マジか！」」

莉奈が違った食べ方を提案すれば、料理人達はさらに活気づいていた。

色々ある調味料は、混ぜても楽しい。

「これから作るケチャップも、マヨネーズと混ぜたら〝オーロラソース〟になるし、調味料は色々あった方がバリエーションが増えて面白楽しいと思う」

「「「オーロラソース」」」

「ちなみに今言ったのは、私の国の簡単レシピ。本来のオーロラソースは、ホワイトソースにトマトピューレやバターを混ぜて作るのが正式な作り方。他の料理と一緒で、名前は同じでも作り方は色々あるんだよ？」

「「「カクテルと同じか」」」

「だね～」

莉奈は頷きつつ、笑っていた。

何故そこですぐお酒が出てくるのだろう。ベクトルの方向がいつもお酒に向かうよね？　この人達。

「カツが揚がったよ～‼」

ソースの話をしていたら、カツが揚がったみたいだ。

さぁ、皆が必死に作った手作りソースで、カツの味見といこうか‼

「あ～、やっぱりカツにはソースだ」

莉奈は、揚げたてのロースカツに出来立てのソースをかけて口にした。

やっぱりカツにはマヨネーズじゃない。塩や醤油もありだけど、ソースが一番好きだなと莉奈はしみじみ思う。

「醤油と混ぜても美味しいんだよね」

だけど、ニンニクを漬けた醤油を混ぜたソースも好き。

ソースの優しい甘みにフワリと香るニンニクと醤油の塩味が、ソースをキリッと引き締める感じがする。あぁ、そうだ。粒マスタードを付けても堪らない。

このカツのカラッと揚がった食感、噛《か》むと途端に溢《あふ》れ出す肉汁。そこに、野菜の優しい甘さとスパイスの香り。それらが全て合わさり、肉の旨さを引き立てている。

ただ欲を言えば、カレーもソースも一晩寝かしたいところだ。

スパイス系は出来立てより一晩くらい置いた方が、味が馴染《なじ》んでまろやかになる気がする。エギエディルス皇子風に言えば、三角が丸になる感じだ。

まぁ、これはこれで美味しいからイイけど。

「ん〜、焦茶色のソースが旨い‼」

「確かにヒレカツはタルタルじゃなくて、このソースだな‼」

「うんうん。絶対ソース。野菜とスパイスって、カレーだけじゃなくて、こんな美味しいソースも出来るのね」

「エビフライはタルタルもイイけど、ソースも堪らない」

「タルタルにソースかけてって、莉奈が言っていた意味が分かった。ソースの塩味がいいアクセントになってる」

「「「ソースが美味し〜い‼」」」

毎回思うけど、味見じゃなくて食事会だよね、コレ。

濾して煮詰めたから、中濃ソースの分量はウスターソースに比べて少ないし、各宮に分けたらあっという間になくなりそうだ。

「生のキャベツにかけても美味しい」

「作るの面倒だけど、食べてみるとカツには絶対ソースだよな」

「分かる。マヨネーズじゃない、ソースだ」

「ちょこちょこ作っておくか」

「だな」

今日みたいにいっぺんに作るのは大変だと悟った皆は、少しずつ作って保存しておこうと考えた様だった。

マヨネーズより時間がかかるのだから、それは仕方がない。

「リナ、ケチャップを作るのか？」

皆がソースに感動している中、味見を終えた莉奈が、食料庫に向かっていったことにリック料理長が気付いた。

「だね。そんなに手間は掛からないから、作っちゃう」

地獄の様な作業をした後だから、ケチャップなんて全然難しく感じない。

トマトの下処理は少し面倒だけど、今はとりあえずの量しか作らないので楽である。

「「手伝うよ」」

莉奈が気合いを入れていれば、ケチャップに興味があるリック料理長と、一人じゃ大変だと察したマテウス副料理長がありがたい事に声を掛けてくれた。

「本当？　なら、お願いしてもイイ？」

「イイはいいけど、お前は何をするんだ？」

たとえ丸投げだとしても、勉強だから構わないのだが、莉奈は何をするつもりなのか、マテウス副料理長が疑問に思ったのだ。

「ん？　あぁ、さっきの続き。何日行くか分からないから、食材の下準備したり、いっぱい料理を作ったりしておこうかと思って」

「そっか、それは大変だな」

「手伝える事があったら言ってくれ」

「ありがとう。だけど、リックさん達の方が大変じゃない？　だって、シュゼル殿下、デザートないとご飯食べないし」

「「……」」

あぁ～とリック料理長達が嘆いていた。

デザートというご褒美があるから、仕方なく食事をしているシュゼル皇子。莉奈がいなくなったら、ダメと強く言える人がいない。

執事長イベールに任せるしかないだろうが、万が一にでも厨房《ちゅうぼう》に直接来られたら、自分達には否と言う術はないのだ。

ポーション暮らしか、甘味暮らしになる可能性しか見えなかった。

「んじゃ、トマトやタマネギ、後はニンニクを切ってくれる？」

「「了解、ちなみに何個？」」

「ん～。トマト20、タマネギ4、ニンニク2個？」

「ニンニク2個って、2片じゃなくて丸々2個？」

「だね」

「結構入れるな。で、その材料は全部みじん切り？」

「トマトは皮を剥《む》いてざく切り、後はみじん切りだね」

お試し用だから、今はあくまで少なめ。

その内にたくさんの量を作る事になる訳だけど、今出来たソースに比べたら工程も少ないし、大変さは感じないのかもしれない。

「後は？」

「オリーブオイルと塩、胡椒《こしょう》。オレガノとか好みのハーブかな」

「好みのハーブか。なら確かローリエがあったな。ローリエでもイイって事？」

「だよ？」

ハーブと聞いて棚を漁っていた料理人が、棚の中からローリエの入っている瓶を取り出してくれた。

「そういや、ローリエで思い出したけど……俺はコッチに来た時、初めローリエって何の事か分からなくてさ。でも見たらローレルで驚いたんだよな」

「『ローレル？』」

「そう、俺のいた地方では、ローリエはローレルって呼んでたんだよ」

「へぇ、そうなんだ。確かに、国や地方によって全然名前が違うよな」

「ね、そういうのって結構あるわよね。イブッチャーも地方によっては、タバンとか呼ばれてるし」

「ニンニクはガーリックだったりな」

各々の作業をしながら、国や地域で呼び名が変化するのが、面白いと笑っていた。

どうやら聞いていると、食材だけでなく、動物や魔物も国や地域によって呼び名が変わるそうだ。

――っと、話を聞いていて忘れるところだった。

「トマトは種も取ってからみじん切りにして」

トマトの種を取らないで使ってもイイが、食感が悪くなる。自分だけ食べるならそのままだけど、王族も口にするから、食感は大事だよね。

「取った種は？」

「マヨネーズに入れると、食感が面白いドレッシングになるよ」

「え？　捨てないのか⁉」

さすがに取り出した種は捨てると思っていた。そうだと分かっていても訊いたのは、ただの冗談のつもりだった。なのに、莉奈から返ってきたのは、まさかのドレッシングへの活用方法であった。

それを聞いた料理人達は、想定外の返答に驚愕《きょうがく》するのだった。

「後は何にしようかな」

莉奈は自分の作業をしつつ、リック料理長達の作業を見ていると、もう食材のみじん切りが終わりそうだと気付いた。

ならばと、莉奈はケチャップ作りの工程を説明する事にする。

「材料が揃《そろ》ったところで、まずはフライパンにニンニクとオリーブオイルを入れて、弱火で焦がさないように熱する。香りが立ったらタマネギを加えて、さらに弱火でじっくり炒《いた》めといて」

「タマネギは、カレーの時みたいに茶色まで炒めるのか？」

「そこまで炒めなくて平気」

説明を聞きながらリック料理長が、手際よく作業をしてくれた。

実際に作った方が、見聞きするより身につくと、リック料理長は基本的に自分で作る事が多い。メモも大事だが、実践はもっと大事だと知っているからだろう。

「ある程度炒まったら、そこにざく切りにしたトマトを加えて軽く混ぜる。んで、塩、コショウ、お好みのハーブを加えたら、後はフタをしないで中火で十分くらい煮込めば〝ケチャップ〟の出来上がり」

「ソースに比べたら、簡単だな」

「でしょう？　あ、そうだ。煮てると泡みたいな灰汁《あく》が出てくるけど、取っても取らなくてもどっちでもイイよ？」

「え？　どっちでもイイ？」

「うん。個人的には気になるから少し取りたいけど、灰汁は取らない方が美味しいって話もある。だから、気になるなら～くらいで？」

「コンソメと違って気にしなくてもいいのか」

「だね」

コンソメは鶏だから、灰汁は鶏特有の臭みがあるが、トマトの灰汁は臭みとは少し違う。だから、必死に取る必要はない。あくまでも作り手の好みな気がする。

「ついでに説明すると、トマトソースは、今作ったケチャップと材料や工程はほとんど同じ。ただ、トマトを入れる段階で、トマトとさっき出た搾りカスを入れるとトマトソースになる」

「なるほど」

「そっちは搾りカスを入れる分、味が濃いめになるから、ピザソースにしたり炒めた挽《ひ》き肉《にく》と合わせて〝ミートソース〟にしたりするとスゴく美味しい」

「「「〝ミートソース〟‼」」」

「そのミートソースを茹《ゆ》でたジャガイモの上にのせて、さらにその上にチーズをのせて焼くと――」

「「「もっと美味しい‼」」」

ソース作りからさらに進化して色々なソースや料理に発展し、皆はザワつくどころか歓喜の雄叫びを上げていた。

今日は色んなソースのお祭りだと。

頑張った分だけ、美味しい料理が出来た。

ミートソースが出来るなら、スパゲッティが食べたいけど、スパゲッティの材料であるデュラムなんとか粉はまだ見た事がない。

小麦粉があるからうどんでもイイけど、今からはさすがにもう何も作りたくない。それに、もしうどんを小麦粉で一から作るなら、ミートソースじゃなくて普通のをまず食べたい。

釜《かま》玉、ぶっかけ、肉うどんが食べたい。

出汁がないから、生卵に醤油《しょうゆ》をちょっとかけて、ズルッと啜《すす》りたい。

あぁぁァァ〜、うどんが食べた〜い‼

ソースだケチャップだと騒ぐ皆をよそに、莉奈は一人うどんに思いを馳《は》せていたのであった。

「それはデザートだな？」

莉奈が再び作業を始めれば、味見をしていた料理人達がワラワラと集まって来た。

砂糖を魔法鞄《マジックバッグ》から取り出したので、デザートだろうと想像した様だ。

「うん。シュゼル殿下をポーション生活に戻らせない為の。後はエドの」

多めに作って魔法鞄《マジックバッグ》にしまっておけば、食べたい時に取り出せる。

旅行……もとい、出張先で作れるとは到底思えないので、エギエディルス皇子の為にいくつか用意しとかなければ。後大事なのが、シュゼル殿下の分。

戻って来た時に追及されたら困るから、執事長イベールに渡しておく予定だ。

「あぁ、なるほど……食事を摂らなくなったら、それを出すのか」

「だね。リックさんも頑張ってね？」

「頑張れる気がしない」

リック料理長は遠い目を、マテウス副料理長は苦笑いしていた。

先にデザートを出せとあの微笑みを浮かべられたら、自分にはノーと言える気概がない。

「手持ちの材料があまりないから、シュゼル殿下とエドのくらいしか作れないけど、作り方は難しくないから、食べたければ自分達で作ってね？」

「分かってる」

「そもそもリナ一人で皆の分は無理だしな」

「まぁでも、いつも通り試食用は作るから、分けて――」

「「やった、ジャンケンする‼」」

好奇心も相まって、彼らにはいらないという選択肢はない。

莉奈は念の為、もう一度魔法鞄《マジックバッグ》を漁ってみたけど、やっぱり全員分の材料はなかった。

だが、食材も調味料も食料庫には豊富にある訳だし、食べたければ後は自分達で作るでしょう。かなり面倒くさいけど。

「あぁ、材料がないってそういう意味でか」

莉奈が魔法鞄《マジックバッグ》から取り出した材料を見て、料理長達が苦笑いをしていた。

厳密に言うと〝材料〟はある。ただ、それを一から作る〝気力〟や〝労力〟がないのだ。さすがのリック料理長も、苦笑いが漏れていた。

「うん。言い方がアレだけど、今から作るのは、今まで作ったお菓子を合わせて豪華にするモノだからね」

莉奈が今作ろうとしているのは、今から改めて作るデザートではない。

今まで作った事のあるお菓子を、ちょっとアレンジして華やかにするだけの物。食べた事があるお菓子ばかりだから、味の想像は出来るだろう。

「本来の作り方とはちょっと違うんだけど……まぁ正式な作り方は作りながら説明する」

「すでに大変さが伝わってるよ」

材料を見ただけで、手間も暇も掛かるのが分かる。

何故なら莉奈が用意しているのは、今まで作った事のある〝ラング・ド・シャ〟やショートケーキの〝スポンジ〟だからだ。

コレらを全部一からなんて、大変なんてものじゃない。特別な時にしか作りたくない。だから、試食品を貰《もら》えるのならそれが食べたいと、皆は莉奈の作業を見ていた。

莉奈は皆が注目する中、平たいお皿を用意した。

「まず、お皿の上にラング・ド・シャを何枚か置く。本来なら、このラング・ド・シャを熱い内に型にはめて、冷やして固めて器にするんだけど――」

「器？　そうか‼　そのお菓子は熱いままではフニャリとしてたもんな」

「あ、だから、冷えるまでは形を変えられるのか！」

「そう。筒状の何かにのせて冷やせば、花びらっぽくなったりもする」

「「「なるほど‼」」」

「でも、今からは――」

「「まぁ、無理だな」」

莉奈が本来の作り方を説明すれば、すぐには無理だと理解した様だった。

「で、その上に小さく切ったスポンジをのせる」

エギエディルス皇子が、竜の番《つがい》を持った時にお祝いとして作った苺《いちご》のショートケーキ。その時のスポンジのあまり、切れ端だ。

それを莉奈は、包丁でサイコロ状にカットして、並べたラング・ド・シャの上にのせた。

「ラング・ド・シャで器を作っていたら、スポンジもそのサイズに切ってあげると、見た目がスッキリして綺麗《きれい》だと思う」

「そうか。なら、スポンジは小さい型で焼けば……いや、型抜を作って――」

「大きく作っても、縁の薄いグラスでやれば、型抜き代わりになるよ」

「なるほど、グラスか」

固い野菜はグラスでは無理だけど、スポンジくらいなら問題ない。

しかも、型を抜いた後に残るスポンジは、細長いグラスに生クリームや果物と交互に入れたり、トッピングにジャムやアイスクリームをのせたりすればパフェになる。

スポンジは大きく作っても無駄にはならないとリック料理長達に説明すれば、感心した様子で大きく頷《うなず》いていた。

「スポンジの上に生クリーム、半分にカットした苺とか他の果物をのせ、さらにその上に、シュゼル殿下が大好きなアイスクリームを、気合いでトッピングする」

「『気合いか』」

「だってコレ、ラング・ド・シャが器じゃないから、安定感があまりない」

「確かに、上手くのせないと落ちそうだな」

「まぁ、諦《あきら》めて添える手もある」

そうなると、本来作ろうとしているデザートと違う気がするけど、完璧《かんぺき》なんか無理だから仕方がない。

「スゴいな。今まで作ったお菓子の総決算？　いや、結晶みたいなデザートだ」

「真価を試される……ような贅沢《ぜいたく》なデザートですね」

莉奈の作っているデザートに、リック料理長やマテウス副料理長はほぉと感嘆の声を漏らしていた。

どのお菓子も今まで作ったお菓子だ。それが一皿にのるなんて夢の様だ。

しかし、ただでさえ一つ一つが贅沢なお菓子なのに、それを集めた華やかで豪華なデザート。

材料費だけでなく知識や労力も合わせると、今作っているデザートは貴族でも安易に口に出来ないだろう。

「皿の空いた部分には、スプーンで雫《しずく》みたいにソース状にしたジャムを伸ばして置くと、ちょっとオシャレに見える」

「『ステーキの時にもやったけど、そのソースの置き方は本当に綺麗だよな』」

莉奈の盛り付けや飾り付けは、細部まで華やかな仕上がりだと唸《うな》っていた。

ちなみに唸っていたのは、料理の出来映えだけではなかった。莉奈は基本的に大雑把でガサツな性格だ。なのに、何故か料理の事になると、繊細かつ華やかな仕上げが出来る……謎である。

執事長イベールがいたら、こう言いそうだなと皆はボソリと漏らす。

「莉奈は料理に繊細さを求めている為、他が普段雑なのはその反動の表れでしょう」と。イベールはここにはいないし、彼がそう言った訳でもないのに「なるほど」と勝手に思う皆なのであった。

そんな失礼な事を思いながら見られているとは微塵《みじん》も知らない莉奈は、盛り付けが終わると、その皿を冷蔵庫に入れていた。

「え？　それで出来上がりじゃないのか？」

てっきりそれで完成だと思っていたマテウス副料理長は、莉奈が冷蔵庫にしまう様子を見て驚いていた。

「じゃないよ。最後にひと手間掛けて出来上がり」

これだけだと、残り物の寄せ集めみたいだしね。

材料が揃《そろ》ってるしどうせならと、考えているデザートがあったのだ。その最後のひと手間を作る準備をする事にした。

小鍋《なべ》に水と砂糖を入れた莉奈を見て、プリンの時に作ったカラメルでも作るのかと皆は想像していた。

だが、莉奈はその材料を混ぜた小鍋を火にはかけず、一旦《いったん》作業台に置くと、何故か魔法鞄《マジックバッグ》から油紙を取り出したのだ。

「何で？」と訊《き》きたいが、皆はとりあえず黙って見る事にする。

訊きたい口をウズウズさせていると、今度は小さなボウルを取り出したではないか。それだけでも首を傾げたいのに、それに加えハサミまで……もはや、皆の頭の中には疑問しか浮かばない。

「なぁ、それは一体何の作業なんだ⁇」

我慢出来なかった料理人の一人が、思わず声を出してしまった。

作業台にボウルを裏返しに置いたと思ったら、今度は油紙の端に数ヶ所ハサミで切り込みを入れている。そして、その油紙を裏返しにしたボウルの上に押さえ付けているではないか。

「「「……リナ？」」」

遊んでいるのか？　と疑問に思ったが、料理中なのに、急に工作なんてやり始めるとは思えない。

では何をしているのか？　リック料理長達には、莉奈が何をしたいのかサッパリ分からなかった。

そんな不思議な作業を見ていれば、莉奈が唐突に声を上げた。

「あ‼　そうだ。オランデーズソースだ‼」

「「「はぁぁ⁇」」」

突然、ハッとした様に声を上げた莉奈に、皆は目を丸くさせるしかない。

何がオランデーズソースなのか、まったく理解出来ない。

「オランデーズソース‼」

「へ⁇」

「急にどうしたの⁉」

「何が⁇　まさかコレが？」

「オランなんとかってソースになるの？」

「違う違う。今朝作ったソース。あれオランウータンじゃなくて、オランデーズソースだった」

「「「……」」」

お前は何故、このタイミングで思い出した？

莉奈の言っているのは、エッグベネディクトにかけたソースの事だろう。

そのソースは莉奈が適当に命名していたが、オランウータンソースでない事ぐらいは、皆も分かっていた。だから、バターソースでイイかぐらいで納得していて、もうオランウータンの存在は忘れかけていた。

なのに、ハッとした様に思い出し声を上げた莉奈に、皆はビックリしたと同時に唖然《あぜん》となったのだった。どういう状況で思い出すのだと。

「あ〜スッキリした」

皆が唖然としている横で莉奈は、思い出せた事で頭のモヤリがスッキリし、満足していたのであった。

スッキリしたところで、デザート作りに集中する。

「ここには氷の魔術師がいない。なので、水の入ったボウルを用意しておく」

「水でいいのか？」

「大丈夫」

マテウス副料理長が、水の入ったボウルで平気なのか心配をしてくれたが、水でも大丈夫だ。なんなら、なくても出来る。

一気に冷やすか、ゆっくり冷やすかの違いだからね。

「準備が出来たら、水と砂糖を入れた小鍋を火にかける」

「カラメルを作るの？」

「違うよ？　まぁ、見てて」

材料は同じだから、そう思ったのだろう。

だが、同じ材料で違う料理が出来るのも、料理の面白いところだ。

「さて、ここからは時間との勝負になる」

莉奈は左手に鍋、右手にフォークを持ち構えた。

その言葉に、リック料理長達は莉奈の手元を真剣に見始めていた。

「この砂糖水がフツフツして、色が少し茶色に変わり始めた瞬間に火から下ろして、ボウルの水に鍋を一瞬浸ける」

「一瞬」

「それ以上火を通さないようにするんだよ。カラメルを作りたい訳じゃないからね？」

「なるほど」

時間との勝負だと聞いたので、リック料理長とマテウス副料理長はいつも以上に真剣に見ていた。

「フォークで掬《すく》って上から垂らしながら、固さを見極める」

「どのくらいがベストなんだ？」

「感覚で言うなら、少しトロミが付いたら？　まぁ、固すぎなければ大丈夫」

固くなってしまったら温め直せばいいのだが、それを繰り返すとカラメルみたいに茶色くなり苦くなる。

だから、温め直しは一回程度にしたい。

「トロッとしてきたらコレを、裏返しにしたボウルの上に編み目状に垂らしていく。そうすると冷えて固まった時にドーム状になってオシャレになる」

「なるほど、ボウルか」

「それ、絹糸《シルク》みたいで綺麗だな」

光沢がある細い飴《あめ》が、光を反射すると絹糸の様に見えた。

ただの砂糖と水が、莉奈の手にかかれば、見た事のないお菓子に変わる。それが、リック料理長達には魔法のように見える。

「そう。だからコレ〝糸飴〟っていうの。ちなみにオシャレな言い方なら、〝シュクレ・フィレ〟」

「「シュク？・」」

「シュクレ・フィレ」

確かそんなオシャレな名前が付いていたハズ。

馴染《なじ》み深い名前ではないから、本当に？　と言われたら自信はないけど。

「で、この糸飴が冷えて固まったら、さっき作ったデザートの上にふわっとのせれば〝タンバルエリゼ〟の完成‼」

強いて言うならタンバルエリゼ風だけど、まぁいいでしょう。

ラング・ド・シャを器にしてはいないけど、材料的にはタンバルエリゼだ。正式な作り方は、後でリック料理長達に教えておけば、彼らの事だからチャレンジするだろう。

「「「……」」」

華やかな仕上がりに、皆感嘆の吐息を漏らしていた。

ただでさえ贅沢なお菓子の集合体なのに、この糸飴がのるとさらに豪華になった。見た目の演出から、すでにご馳走《ちそう》だ。

皆は、見た事もないオシャレなデザートに釘付《くぎづ》けであった。

「この糸飴は、湿気を吸いやすいから早めに仕上げて魔法鞄《マジックバッグ》にしまわないと、ベチョッとしてパリパリ感がなくなるからね……って聞いてる？」

莉奈は説明を淡々と続けていたのだが、皆は惚《ほう》けていた。

「もしも〜し？」

ダメだこりゃと思った莉奈は、放っておいて自分の作業をする事にした。

シュゼル皇子とエギエディルス皇子の分、後は予備に数個ほど用意しておきたいからね。

それに旅行……もとい出張中は、店すらない場所に行く可能性もあるし、食事は出来るだけ快適にしたい。


——パリパリッ。

ボウルから取る時に剥がれ落ちた糸飴はパリパリ、時々カリッとして美味しい。

だって、細いベッコウ飴みたいな物だもの。

鍋に残った物も固まっていたので、お玉の底でガンガン割れば、ベッコウ飴の出来上がりだ。お玉の底で手荒く割ったから、割れたガラスの様に少し歪《いびつ》で粉々の部分もあるが、それはそれで食感が楽しくて美味しい。

莉奈は、惚けている皆の前にタンバルエリゼを二つ程置き、歩きながら口に出来るお菓子とかも作っておこうと、一人いそいそと作業し始めたのであった。

◇◇◇

「この糸飴、シュクレ・フィレでしたか？　のると途端に華やかになりますね」

貴女と違って。

いつも言葉の奥に、何か別の意味が隠れている様に感じるのは、莉奈の心が荒んでいるからだろうか？

言葉の棘《とげ》がチョイチョイ気になるが、気にしたら負けだ。

「ベッコウ飴も作りましたから、シュゼル殿下がポーション生活に戻りそうだったら、出してみて下さい」

いや、出すというよりチラッと話に出すくらいがいいのかも。

「味を知らないとシュゼル殿下に説明も、と思いましたので、イベールさんのも作らせて頂きました。どうぞ、よろしければ」

そう、莉奈がタンバルエリゼ風を差し出したのは執事長イベールである。

あれから、色々と作っていたら夕食の時間になっていたらしく、執事長イベールが白竜宮に来てしまったのだ。

その内にリック料理長が正式なタンバルエリゼを作るかもしれないが、手間暇が掛かる。なので、一応莉奈が試しに作ったタンバルエリゼ風を、執事長イベールに渡したのであった。

日頃の行いのお詫《わ》びも兼ねてあげた……いや差し出したのである。

「……っ」

無表情の執事長さまが、一瞬揺らいだ。

やっぱり、甘味は好きらしい。ただ、何が一番好きなのか、未だに分からない。

「貴女の迷惑料としては全く釣り合いが取れませんが、その心掛けに免じて頂きましょう」

「ありがたく存じます」

コレだけでは、釣り合いが取れないとは。

莉奈は苦笑いしか出なかったが、魔法鞄《マジックバッグ》に収めてくれたのでヨシとしよう。


——それから。

誰が試食するのか、相変わらずすぐに決まらず悩む皆を置き、莉奈は銀海宮に戻る事にした。したのだが、途中まで何故かイベールが付いて来たのだ。

同じ宮に帰るのに別々にとは言えず、二人で銀海宮に戻るハメになってしまった。

イベールと二人だけだと、フェリクス王とは違う緊張感がある。

何か話すべきか悩んでいると、イベールの方から話しかけてきた。

「公務中に、陛下や殿下にはくれぐれも迷惑を掛けない様に」

「はい」

百人いたら百人に言われるセリフだろう。

何もしないいと豪語出来ないのが、悲しいかな。

莉奈が空笑いしていると、イベールから容赦ない追いうちがきた。

「万が一の事態になってしまったら、リナ」

「はい」

「即時、自害する様に」

「……ぇ」

「する様に」

「……はい？」

自害？

要は事が大きくなる前に、命をもって償え……という事か。

うん、言いたい事は理解した。だが、理解するのと実行出来るかと言ったら別の話だ。莉奈は何も言えない。笑いも出ない。了解致しましたとも言えない。

しかし、何も言わなければ解放してくれなそうだ。

なので、莉奈はとりあえず「心に留めておきます」と返したのであった。

◇◇◇

「なんかお前、やつれてんな」

銀海宮、いわゆる王宮の王族専用の食堂に行けば、莉奈を見たエギエディルス皇子が眉根《まゆね》を寄せていた。

今朝会った時は血色が良かったのに、今の莉奈は言うなればドンヨリとしている。

「ご指導ご鞭撻《べんたつ》を受けておりました故、少々疲労を」

自分が悪いとはいえ、イベールにチクチク言われれば胃が痛くなるのだ。

強靭《きょうじん》な精神は持っていても、胃は人並みなので。

「あぁ、イベールに説教されてたのか」

エギエディルス皇子は、莉奈から一を聞き十を知ったようだ。

それだけで良く分かるなと言いたいが、莉奈がドンヨリする程の指導をするのは執事長イベールしかいない。すぐにピンと来たのだろう。

「殿下。説教ではなく〝諭し〟です」

イベールは夕食をテーブルに並べながら、無表情で答えた。

叱ったのではなく、言い聞かせたのだと。

「どっちでも同じだろ。やった、カツだ！」

だが、カツを前にエギエディルス皇子は、その話などすでに頭から吹き飛んでいた。

もはや、イベールの説教など、その矛先が自分でなければどうでも良いのだろう。

「塩、醤油《しょうゆ》も用意してありますが、まずはカツのために作ったソースでお試しを。そこにあるミルクピッチャーに入っておりますのが、右からウスターソースと中濃ソースとなります。お好みでカツに付け召し上がってみて下さい」

莉奈が作り笑いを浮かべて説明すれば、控えていた侍女達だけでなく、フェリクス王達も微妙な表情をしていた。

その言葉に真っ先に反応したのは、エギエディルス皇子である。

「え？　すげぇ気持ち悪ぃんだけど」

「ソースが、でございますか？」

「いや、お前」

普段友人か姉かの様に接している莉奈の口から、そんなバカ丁寧な言葉が出てきたので、エギエディルス皇子は気持ち悪さを感じたし、皆の背筋も何故かムズムズしていた。

「……まぁ嫌ですわ殿下。レディに気持ち悪いだなんて」

オホホと扇の代わりに、右手で口を隠し笑った莉奈。

だが、その莉奈の似合わない仕草に、ますます渋面顔のエギエディルス皇子。

「「レディ」」

フェリクス王とシュゼル皇子は、莉奈の言葉を思わず反芻《はんすう》し、時を止めていた。

莉奈の言葉遣いは、本来なら正解だ。いや、厳密に言えば正解とも言い難いが。

だが、今さら莉奈に淑女の振りをされても、モヤッとするだけで、気分の良いモノではなかった。

莉奈は少し口が悪いくらいが、らしくて安心すると皆は感じたのであった。

「なぁ、このウスターソースの〝ウスター〟って何だ？」

「ウスター伯爵のご令息。ソース＝ウスターが発案したから――」

「ソース＝ウスター？　お前、真顔で適当な事を言うんじゃゃねぇ」

どうせ訊《き》いても〝しらん〟と返って来ると想像していたのに、返ってきたのは盛大な嘘だった。

誰でも分かる嘘を真顔で言う莉奈に、訊いたエギエディルス皇子はツッコみ、フェリクス王やシュゼル皇子は思わず吹き出してしまった。

どう繕おうが、莉奈はやはり莉奈だった。

「リナ。ウスター伯爵は実際いるので語弊があります。なので、チュウノウ伯爵に致しましょう」

「御意に」

シュゼル皇子が、笑いを堪えながらそう注意してきたので、莉奈は恭しく頭を下げた。

このヴァルタール皇国には、莉奈が適当に口にしたウスター伯爵が本当にいるらしかった。

「何が御意なんだ。イベール、赤ワイン」

莉奈と長弟のやり取りにフェリクス王は呆《あき》れつつ、赤ワインを要求した。

何がチュウノウ伯爵で、何が御意なのか、フェリクス王はそのふざけた会話に呆れてはいたものの、つい笑いが漏れてしまったのは、いつにない莉奈の真面目な態度のせいだろう。

末弟の言葉を借りるなら、〝気持ち悪い〟だった。

だが、弟達のこのアホみたいなやり取りもまた、酒の肴《さかな》にしているフェリクス王なのであった。

「あぁ、チュウノウは中濃か。カツは全部豚か？」

「いいえ、右から〝ボア・ランナー〟〝ブラッドバッファロー〟〝ヒュージャーピッグ〟の肉にございます」

色々な魔物肉があるのだから、食べ比べの方が楽しいだろうと、一口カツにしてある。

ボア・ランナーはもうお馴染《なじ》みの魔物肉。猪系の魔物だが、獣特有の臭みはほとんどなく、豚とは違った味わいがある。

ブラッドバッファローは牛系。脂がのった霜降り部分より、赤身の味が濃いので、肉を食べたい時に食べると満足感が半端ない。

前に食べた時、ヒレ肉はビックリするぐらい柔らかく美味しかったので、もう一度作ってみた。以前出した時は塩だけだったので、是非ソースで味わって欲しいなと思ったのだ。

後一つは、魔法鞄《マジックバッグ》にあって食べてなかった魔物肉〝ヒュージャーピッグ〟。一応【鑑定】をしたら豚系の魔物だったので、恒例の味見を厨房《ちゅうぼう》にいた料理人達としたら美味しかった。

このヒュージャーピッグは、ピッグという名が付くだけあって豚肉そのもの。しかも、魔物の肉の割りにクセというクセはなく、肉質も硬くなく柔らかい上にものスゴくジューシー。

どんな風貌《ふうぼう》の魔物か気にならないといったら嘘になるが、見た事もない魔物……いや、見た事がない魔物だからこそ、ただの肉としてすんなり口に出来たのかもしれない。芋虫の魔物キャリオン・クローラーみたいな姿を先に見たら、絶対口に出来なかった気がする。一部の方を除いては。

とにかく美味しかったので、この魔物の肉もカツにしてみたのだ。

「普通の肉はないのかよ」

豚かと訊いたエギエディルス皇子が、文句というより呆れていた。

旨い不味いはともかくとして、仮にも王族の食卓に、魔物の肉がズラリと並んでいるのだから、呆れたくもなる。

「魔物のいない世界から来たわたくしめに言わせれば、これがこの世界の普通かと」

「「確かに？」」

妙な説得力を感じたフェリクス王兄弟は、思わず納得してしまった。

「リナの戯言に惑わされないで下さい」

そんな王達を見た執事長イベールが、やんわりと諌《いさ》めていた。

莉奈がたとえ魔物のいない世界から来ようが、この世界の普通はこの世界の住民が決めるモノであって、莉奈が決めるモノではない。

そもそも普通の定義など常に曖昧《あいまい》で、ないに等しい。なので、魔物を食すのが当たり前だと納得するには、まだ時期尚早だとイベールは思う。


「白飯」

カツをひと口食べたフェリクス王は、莉奈にご飯を要求した。

やっぱりカツには白いご飯だよね。

莉奈は皿に盛っておいた炊き立てのご飯と箸《はし》を、フェリクス王に素早く差し出した。

ご飯が出る時は、フェリクス王は箸を使う事が多い。

ご飯はフォークやスプーンで掬《すく》うより、箸を使う方が食べやすいそうだ。

「ん、醤油とはまた違った味わいがあるソースですね。確かにカツに良く合っていて美味しい」

「焦茶色してんから苦いのかと思ったら、醤油と違って少し甘いのな。リナ、エビフライは?」

「もちろんあるよ。エビフライなら、タルタルソースとのコンボも美味しいよ?」

「マジか!」

シュゼル皇子はソースを少しだけ味見し、すぐにかけてひと口カツを食べていたけど、エギエディルス皇子はソースの色が余程に気になったのか、ソースの味を慎重に確かめていた。

だけど、莉奈からエビフライが美味しくなると聞いて、嬉《うれ》しそうな表情に変わった。

「ん～⁉　エビフライがさらにウマくなった‼」

莉奈に言われた食べ方で早速食べてみたエギエディルス皇子が、口に入れた途端目を丸くさせて喜んでいた。

お気に入りのエビフライが、さらに美味しくなって感激している様だ。

フェリクス王は……そんなやり取りの中、ホースラディッシュを付けたり粒マスタードを付けたりして、一通りのカツをすでに食べ終えていた。

「赤ワインはカツには合うが、やっぱり白飯には合わねぇな」

そう呟《つぶや》くと、イベールにホーニン酒を要求していた。

ご飯にはやっぱり、お米の酒の方が合うらしい。

「どのカツが一番でした？」

今後の参考に訊いておこうかなと、フェリクス王に問う。

「どれも特質が違って旨い。ただ、ボア・ランナーは肉に厚みがあると少しクセが出る。嫌なクセじゃねぇが、どうやら王家《うち》のお坊ちゃん達には合わねぇらしい」

「え？」

フェリクス王が王家《うち》のお坊ちゃんと揶揄《やゆ》した先には、シュゼル皇子とエギエディルス皇子がいた。

どうやら王弟二人は、ボア・ランナーのカツだけは微妙な表情で食べていた様である。

「むぅ」

「申し訳ありませんね？　陛下と違って、育ちの良さが味覚にまで滲《にじ》み出《で》てしまう様で」

エギエディルス皇子は兄王にお坊ちゃんと言われ、ちょっと不服な感じだが、シュゼル皇子はほのほのと嫌味を嫌味で返していた。

「何が育ちだ。ポーションドリンカーが」

対するフェリクス王も鼻であしらっていた。

味覚に育ちが出る出ない以前に、ポーションは食事代わりに飲む物ではない。

「兄上。ポーションも料理と同じで、作り手によって味が変わるんですよ？」

「知りたくもねぇ」

シュゼル皇子曰《いわ》く、ポーションに限らず魔法薬など基本的な配合は同じでも、作る人により苦味が強かったり弱かったりと、味が変わるらしい。

そんな話をシュゼル皇子は説明していたのだが、そもそもポーションは掛ける物で飲む物だと思っていないフェリクス王は、話を面倒くさそうに聞き流していた。

真面目なエギエディルス皇子は、次兄の説明を真剣に聞いていたけど。

「美味しく出来ないのかな？」

ちなみに莉奈のこの呟きは、ボア・ランナーの事ではなく、ポーションの事である。

ボア・ランナーは薄くすれば臭みはほとんど気にならない。だから、カツやステーキの様な厚くする必要のある料理にしなければいい。それかスパイスで誤魔化せるカレーの具材にすれば、まったく気にならないだろう。

ただ、ポーションは薬と同じで何かと混ぜては飲まない。むしろ混ぜるな危険だと思う。掛けた事はあるが飲んだ事はないので、どんな味かさっぱり分からないが、飲み方を工夫できない以上、美味しいに越した事はない。

なら、美味しく出来ないかなと、莉奈は斜め上に発想を飛ばし呟いていたのだった。

◇◇◇

――それから数日の間。

莉奈は出張時、なるべく楽しく過ごせる様に準備をしていた。

食事はもちろんのこと、フェリクス王達に何かあってはと、タール長官やゲオルグ師団長に相談して、ポーションやエーテルの用意。

旅先で疲れを癒せる様な物を考えたり、莉奈はいつになく忙しかった。

――そして。

あっという間に、公務当日の朝を迎えたのである。

# 第4章　リナ、宙を舞う

ヴァルタール皇国の国王が出掛けるといっても、いつもなら白竜宮《はくりゅうきゅう》の竜の広場からひっそり飛び立つのに、今日は何故か銀海宮《ぎんかいきゅう》の真ん前。正門近くの広場から、目立つ様に行くらしかった。

一部の兵は城内の警備の為集まっていないが、近衛兵がズラリと並んでいる。何事も仰々しくする事を嫌うフェリクス王にしては、超が付く程に珍しい。

広場には、鞍《くら》を着けた王竜。その隣りに空色の竜、碧空《へきくう》の君の姿もあった。

莉奈《りな》の竜の背にも、誰かが着けてくれたのかしっかり鞍が着いている。という事は、莉奈も自分の竜に乗って行くのだろう。

何気に、自分の竜に乗るのが初めてで、ワクワク……より何故か不安が過るのは何故だろう。

そんな不安な莉奈をよそに、フェリクス王はシュゼル皇子やゲオルグ師団長と何やら話をしている。よく聞こえないが、留守にする間の事だと推測する。

「リナ。私の前に」

先に乗ってろとフェリクス王にチラッと視線で促され、莉奈は碧空の君に近付いたのだが――

「前？」

横から鞍に足を掛けて乗ろうとしていた莉奈に、何故か眼前に来る様に言ってきた。何故に？と首を傾げて碧空の君を見れば、頭を下げ自分の口先に足を掛けろと言うではないか。

その行動に莉奈はさらに首を捻《ひね》ってはみたが、早くしろと急かされ言われるまま碧空の君の鼻先、いわゆる口の先に右足を軽く乗せてみる。

「これでイイの？」

と莉奈が碧空の君に確認しようとした瞬間——

「え？」

——莉奈の身体は、突然ポンと宙を舞った。

いや、舞ったというより、碧空の君によって強制的に木より遥《はる》か高くに飛ばされたのだ。

「あぁ？」

「え??」

近くで話をしていたフェリクス王も、シュゼル皇子も唖然《あぜん》である。

先に竜に乗ると思っていた莉奈が、背に乗るのではなく、何故か空を舞っていたのだから。

「「「……!?」」」

フェリクス王達を見送りに来ていた者達も、漏れなく唖然呆然《あぜんぼうぜん》であった。

エギエディルス皇子も驚愕《きょうがく》した後、時を止めている。

何がどうしてそうなったのか、誰にも分からなかったのである。

「どゆことーーっ⁉」

いきなり小さな打ち上げ花火の様に、空に向かって飛ばされた莉奈は、怖い以前に状況がまったく理解出来ずにいた。

言われるがままに、碧空の君の口先に足を掛けたら、一気に皆が小さく見えたのだ。何がなんだか分からない。分かりたくもない。

そして、この世界が異世界であろうが、重力は存在する訳で……。

当然上に飛んだ分、下に落ちる。要するに、莉奈、地面に激突である。

莉奈は、落ちるまでの間、何度見たか分からない走馬灯を見ていた。

人はいつか死ぬ。それが、番《つがい》の手によってだなんて想定外だった。莉奈はスローモーションの様な景色を茫然《ぼうぜん》として見ていたのだが……いつまで経っても地面に落ちる事はなかった。

「大丈夫かよ？」

落ちる前に、フェリクス王に抱き抱えられていたのだった。

どうやら吹き飛ばされた莉奈を、地面と挨拶《あいさつ》する前に救ってくれたらしい。

「ダイジョバナイ」

さすがの莉奈も、色んな事がいっぺんに起きればパニックを起こす。

フェリクス王に大丈夫かと問われたが、落ちたと思ったら今度はフェリクス王の逞《たくま》しい腕に抱えられていて、違う意味で大丈夫ではなかった。

「大丈夫そうだな」

いつも通りの可笑しい莉奈だと判断したフェリクス王は、顔を両手で隠す莉奈を見て笑っていた。

「碧空の君、何故あの様な暴挙を？」

竜は基本的に、番に危害を加えたり乱暴な振る舞いをしたりする事はない……ハズ。

それが、長年築いてきた人と竜との信頼関係なのだ。なのに、碧空の君は莉奈を口先で吹き飛ばした。兄王が咄嗟《とっさ》に助けなければ、地面に激突していただろう。そんな暴挙は、どんな理由があるにせよ許される事ではない。

碧空の君に、ほのほのしながら歩み寄ったシュゼル皇子は、ニコリとしていたが目は笑っていなかった。

「暴挙？」

碧空の君にしたら、アレにはちゃんとした理由があり暴挙ではなかったのだ。なので、シュゼル皇子に言われた事が理解出来ず、可愛らしく小首を傾げていた。

「今の行動が暴挙でないのでしたら、何と？」

「え？　リナの事だから……上に上げたらクルッと反転して、私の背にカッコ良く乗るかなと？」

「「「……」」」

碧空の君のキョトンとした返答に、皆絶句である。

竜曰く、口先で上に撥《は》ね上げたら身体を反転させ、華麗に背に乗ると想像していた様だった。

竜騎士でさえ飛び乗る事はあっても、そんな大道芸人の様な乗り方はしない。百歩譲って誰かがしていたとしても、それは乗られる側との意思疎通がないと成立しない乗り方だ。

莉奈は、そんな風に碧空の君が乗せようとしていたのをまったく知らない。知らずに上に飛ばされれば、さすがの莉奈もどうにも出来ない。当然そんな臨機応変な行動が出来る訳もなく、この事態だ。

碧空の君の勝手な妄想と、莉奈の身体能力を過信しての行動だった。


――バチン！

「ピギャーッ‼」

自分達がいたから莉奈に怪我がなかったものの、もしいない時にそんな乗せ方をしていたら、地面に激突していた事だろう。

碧空の君は、シュゼル皇子にお仕置きという形で、バチンと鼻先に小さな雷を落とされていた。

簡単に言えば強力な静電気である。

「考えて行動する様に」

「ぁぃ」

悪いとは思っていなかったが、反論の余地はないと感じた碧空の君は、涙目で素直に頷《うなず》くのだった。

――その後。

碧空の君の背中に跨《また》がったものの、莉奈はドンヨリとしていた。

碧空の君に乗るという事……それは何があるか分からない恐ろしいものだと、今立証されたのだ。

不安しかない。

「リナ」

そんな不安が通じたのか、シュゼル皇子が優しく声を掛けてくれた……と思ったのだが、世の中そんなに甘くはなかった。

「リナ、待っていますからね」

「……」

「ね？」

「はい」

何をなんて言わずもがなだ。決して、莉奈の帰りを待っている訳ではない。

シュゼル皇子の言葉で、莉奈はさらに不安になってしまった。

だって、シュゼル皇子の声はただの念押し……いや、優しい脅迫だ。

微笑んでいるにもかかわらず、この否と言わせない圧力。碧空の君の背も怖いが、シュゼル皇子の期待の眼差しはもっと怖い。行く楽しみより、手ぶらで帰る恐怖で体が震えそうだ。

もういっそのこと、諦《あきら》めて本気でカカ王を探し、さっさとチョコレートを作ってしまった方がいいのかも。

シュゼル皇子の鉄をも溶かす様な熱視線に見送られながら、王竜に跨ったフェリクス王の後に続き、碧空の君も空へと羽ばたくのであった。

◇◇◇

「風が気持ちいい」

上空だからだいぶ気温が下がり肌寒いが、ワクワク感で高揚している莉奈には、むしろこの冷たい風が心地よかった。

ただ、観光目的の遊覧飛行ではないため、なかなかの速さだ。常に全速力のバイクで、高速道路を走っているみたいだった。

だけど、これだけの速度なのに、不思議と風圧が強くない。

碧空の君が上手く気流を変えてくれているのか、風で目が痛くなったり息苦しさを感じたりすることはなかった。

それにしても、あんな事をした碧空の君が、ちゃんと上空では安全運転なのには驚きだ。王竜に乗った時と同じくらいに安定感があり、乗り心地は最高であった。

莉奈としては、もう少し遅い方が景色を堪能出来ると思うのだが、目的が違うので文句は言えない。

「口先がまだヒリヒリする」

そんな碧空の君が、さっきから不服そうな様子でブツブツと言っているが、莉奈はガン無視していた。

莉奈が空気を読んでしっかりと乗らなかったからこうなったのだと、人のせいにする竜には同情も共感もない。むしろ反省してくれと言いたいところだ。


しばらく経つと、若干余裕が出てきた莉奈は、フェリクス王に気になった事を訊《き》いてみた。

「陛下」

「あ?」

「陛下には珍しく派手な出立の仕方でしたね?」

王都にかかる雲海など颯爽《さっそう》と越え、すぐにウクスナに向かうと思っていた。なのにわざわざ王都の街並みが近くに見えるくらいに、低く飛行して王都を出て行ったのであった。

他国の王が竜を持っていたら、威厳や威光を見せつける為にわざとやりそうな事だけど、このフェリクス王がそんな目的でやる訳がない。

王都中が突然の王竜の飛来に、驚愕と歓喜の声を上げていたのが、莉奈の耳にもまだ残っている。

そんな行動をした王竜に、莉奈もビックリであった。

「……」

さすがに気付いたかと言わんばかりに、フェリクス王は笑っていた。

という事は、やはりあの出立には意図があった……と。

「わざとなんだろ？」

そう言ってエギエディルス皇子は、後ろにいる兄王をチラッと見上げる。

エギエディルス皇子の番はまだ成長途中なので乗れない。そこでエギエディルス皇子は、不服ながらフェリクス王の前に乗っていた。

末弟の意見に、フェリクス王は無言でエギエディルス皇子に続きを促していた。

「兄上が城からいなくなるって、知らせる為に」

「……ほぉ？」

「出掛けるついでに謀反を起こしそうなヤツを、炙《あぶ》り出そうとしてるんだろう？」

フェリクス王の支持率は圧倒的に高いが、それは一部の貴族を除いてである。古参の貴族には、まだまだ反発心が根強く残っている。

彼をどうにかしたいと燻《くすぶ》っている輩は、いくらでもいるのだ。

しかし、武力行使してもフェリクス王に勝てる訳がない。彼はあの魔物暴走《スタンピード》を一人で治めてしまう化け物だ。その彼に、人が刃向かったところで、待っているのは死しかない。

そんな彼が王城にいれば、絶対にアクションは起こせない。

……が、いなくなるなら好機。

反フェリクス王派は、ここぞとばかりに周囲を唆そうと算段するだろう。

そんな企みをまだ持つ不穏分子を、この機会についでに誘い出そうと、ああやってわざわざ出掛けますアピールを見せていたという訳だ。

仰々しく出て行けば、王城内どころか王都の皆が知る事となる。

いつもはしない低空飛行をして見せたのも、王都にいる市民や貴族に見せつける為。国王陛下は今、王城から出ましたよと、親切に教える為。

誰かが騎乗している姿さえチラリと見せられれば、十分。

あの漆黒の竜に単身で乗れるのは、フェリクス王ただ一人だからだ。

反乱分子の貴族達は、その派手な演出にますます苛立《いらだ》ちを覚えただろうが、その一方で市民達はフェリクス王と王竜の威光を肌で感じて、嬉《うれ》しかったのではと思う。

滅多に表舞台に立たないフェリクス王の存在を、垣間見られたのだから。

たとえ、フェリクス王の姿が米粒ほどだったとしても、空気が振動する程のあの歓声。近くを飛んでいた莉奈にさえ、皆がどれだけ嬉しかったのかが伝わってきた。

フェリクス王は本当に、国民に愛されているんだなと改めて実感したのだった。

「やめろ〜！」

莉奈が珍しく感動していると、何かを拒否しているエギエディルス皇子の声が聞こえた。

チラッと視線を斜め前に移動すれば、なにやらフェリクス王が、エギエディルス皇子の頭をクシャクシャと撫《な》でくり回していた。

兄王的には、自分の考えを理解した末弟が可愛くて仕方がないのだろう。

だが、子供扱いされる事を嫌うエギエディルス皇子は、必死に兄王の手を跳ね除けている。

フェリクス王に言わせたら、その反抗心さえ可愛いらしく、嫌がる末弟の頭をグリグリと撫で回し倒していた。

そのエギエディルス皇子との攻防が、実に微笑ましい。本当に仲が良い兄弟である。

「あれ？　そういえば、ローレン補佐官がいませんね？」

王都から出てしばらく経った頃、莉奈は辺りをキョロキョロしていた。

確か、ゲオルグ師団長の補佐官マック＝ローレンが同行する予定だと聞いている。なので、辺りを見たのだが、いなかった。

記憶が確かなら、飛び立つ前後にもいなかった様な気がする。莉奈の聞き間違いだったのだろうか？

「後で合流する」

「なるほど？」

疑問に思っていたら、フェリクス王がそう教えてくれた。

初めから同行する予定ではないらしい。

フェリクス王は王都から出立するついでに、色々と片付けてしまおうと算段している様だ。

なら、莉奈《じぶん》の存在なんて公務の邪魔ではなかろうか？

と思ったのだが、連れて行かなければ連れて行かないでシュゼル皇子が煩い。だから、仕方なくなのだろう。

フェリクス王には申し訳ないが、莉奈的には安心安全に旅行が出来るので、少しワクワクしていた。

◇◇◇

「さっきから魔物が全然いないけど、普段からこんな感じなのかな？」

かれこれ二時間近く飛行している訳だけど、斜め前方にフェリクス王達が乗る王竜がいるだけで、辺りには何もいない。

高さのせいか速さのせいか、周りに鳥さえ飛んでこない。

以前、夜の散歩に連れて行ってもらった時に、遠くでワイバーンが飛んでいたのだから、飛行系の魔物は絶対いるハズ。なのに、ワイバーンどころか魔物らしき存在をまったく見かけないのだ。

莉奈は王城外の日常がどんな感じなのかを知らないので、これがこの国の正常なのか異常なのか分からなかった。

『違いますよ』

キョロキョロしながら呟《つぶや》いた莉奈に、碧空《へきくう》の君が念話《テレパシー》で答えてくれた。

『他国に比べたら断然少ないですけど、普段はそれなりにいますよ』

「んじゃなんで？」

『前を見れば分かるでしょう？』

「え？　あぁ～」

碧空の君にそう言われ、莉奈は思い出した。

そう、斜め前方には〝魔王様〟がいたのだ。ただでさえ、王竜に近寄る魔物は少ないというのに、我らが魔王が騎乗していれば、もはや無敵状態だ。そんな彼に近寄る魔物など、いる訳がない。

鬼に金棒とは言うけれど、フェリクス王の場合はまさに〝竜に翼を得たる如し〟じゃないのかな？

『竜は元より翼を持っていますよ？』

莉奈のボヤキは声に出ていたらしく、ことわざを知らない碧空の君が可愛らしく首を傾げていた。

「無敵だという喩《たと》えだよ」

鬼に金棒と同じ意味だけど、こっちの方が実にしっくりくる言葉だ。

莉奈はフェリクス王を見ながら、そのことわざは彼の為にある言葉の様な気がしていた。

莉奈と碧空の君がそんなやり取りをしていると、フェリクス王が軽く左手を上げた。

何だと莉奈が思っていれば、碧空の君は王竜に続くようにして速度を落とし、緩やかに下降し始めたのである。

……という事は、今のは合図。

そして、下降しているのならそろそろ目的地なのかなと、莉奈は下を見た。

のだが……下に町や村などはなく、所々木や草が生い茂っているような場所しかない。何故こんな所に降りようとしているのだろうか？

「あ」

不思議に思っていた莉奈だが、下降していく内に徐々に何かが見えてきた。

何もないと思っていたその場所には、見覚えのある木が優美に生えている。

ただ、莉奈の記憶に新しいのは、しおれまくっていた姿。警備兵アンナの問題児、ポンポコちゃんがぶっこ抜いてきた状態だが。

もちろん、今、眼下に生えている聖木は、幹は太く穴など開いてはいないし、枝は張りがあって逞《たくま》しい。葉も青々と生い茂っている。

そして、何より神秘的に薄っすら青白く光っていた。

こんな聖木を、ポンポコは強引に抜いてきたのだ。やった事は最悪だけど、ポンポコの怪力に思わず感心してしまった。

「よっと」

竜達が着陸し、フェリクス王達が王竜から降りたのを見て、莉奈もヒラリと地に降りた。

二時間くらい竜に乗っていたせいで、お尻《しり》と太ももが痛い。一人で乗るのが初めてだから、変な所に力が入っていた様である。

「アレ？」

碧空の君から降りて見上げれば、聖木の側に見た事のない濃い青色の竜が鎮座していた。

碧空の君より深い青色の竜で、日の光に当たると鱗《うろこ》がキラキラと光っている。

王竜の黒曜石、碧空の君のアクアマリン、そしてこのサファイア。並んでいると、竜は動く宝石とも呼ばれる由縁が良く分かる。

傍らにローレン補佐官がいるから、この子がきっとローレン補佐官の番なのだろう。

「リナ、久しぶりね」

竜や聖木の姿に圧倒されていれば、どこかで聞いた様な声が降ってきた。

「あ、アー」

「アンディじゃないわよ？」

アーシェスと言おうとした莉奈の言葉に、鋭いツッコミが入った。

そうなのだ。何故かローレン補佐官の側に、武器職人のお姉様ことアーシェスがいたのだ。

莉奈は思わず辺りをキョロキョロと見回した。

「師匠は？」

「あのね、リナ。別にあの人と私はコンビじゃないのよ？」

いつも一緒にいる師匠バーツの姿がないなと、莉奈が探していれば、アーシェスが呆《あき》れていた。

莉奈と会う時には、もれなく二人でいる事が多いが、いつも一緒にいる訳ではないのだと。

「こんな辺鄙《へんぴ》な所で何をしていたんですか？」

「何って待ち合わせに決まってるでしょう？」

「え、待ち合わせ？　ココで？」

「そうよ」

「こんな何もない所で？」

莉奈の知る待ち合わせとは、こんな辺鄙な場所でやらない。

そもそも魔物が蔓延《はびこ》る世界で、魔物の侵入を防ぐ防壁の外側で待ち合わせるなんて、あり得ないのでは……。

いくら聖木という目印があろうが、魔物が１００％来ない訳ではなかったハズ。

なら、待ち合わせている間に、魔物に喰《く》われてしまうかもしれないではないか。

「文句ならコイツに言ってやって」

そう言ってアーシェスが指を差した先には、王竜と話をしているフェリクス王がいた。

「あ？」

思わず見れば、何か文句があるのかと睨《にら》まれてしまった。

いえ、文句ではなくただの疑問です。

「ここで何をするんですか？」

目的のウクスナがどの辺りにあるか知らないが、ここでない事は確かだ。

だけど、わざわざ待ち合わせ場所に指定するくらいだから、何かあるのだろうと莉奈は思ったのだ。

「何もしねぇよ」

「え？　じゃあ何故ここで待ち合わせなんか？」

ウクスナとやらに現地集合でイイではないかと、莉奈はさらに疑問を覚えた。

「コイツ等を連れていたら、目立つだろうが」

「……」

フェリクス王がコイツ等と示す先には、存在感しかない竜達がいた。

王都ではわざと目立つ行為をしたが、それ以外の場所では一般人に紛れたいらしい。だから、服装も冒険者風の軽装なのだろう。

それもそうだよね。国王陛下だと分かれば、誰も本音は話さないし態度も変える。調査など何も出来やしない。

だから、直接に現地には向かわず一旦《いったん》ここで降りて、後は徒歩で行く予定の様だった。フェリクス王の事だから、ついでに探索も兼ねているのだろう。

「アーシェスさんがいるのは？」

武器職人だから、何かの仕入れかなと莉奈は思っていた。

フェリクス王がいたら安全だし、武器を安くする代わりに連れて行って欲しいと願い出たのだろうか？

「コイツもウクスナに用があるんでな」

「なるほど？」

なら、フェリクス王が行くと聞き、彼の用事をタクシー代わりに使ったという事か。

確かに歩けば何日掛かるか分からない距離だし、生きて行ける保証もない。ある程度近くまで竜で行けるなら楽ちんだし安全だろう。世界一贅沢《ぜいたく》な足と言っても過言ではない。

「あ、そうだ、碧《へき》ちゃん。お金が欲しくなったら、タクシー代わりになれば稼げるんじゃない？」

アーシェスを見て莉奈はふと思った。

番《つがい》以外の人を背に乗せたくなくとも、気球みたいな籠《かご》的な物に人を乗せてそれを運ぶなら嫌じゃないハズ。なんなら、竜は言葉を理解するくらい知能が高いのだから、魔法鞄《マジックバッグ》を持たせれば輸出入関連の仕事や、宅配便事業も出来るのでは？

「あなたの言うタクシーなるモノが何かよく分かりませんが、私に人のお金を稼いでどうしろと？」

莉奈が唐突に言い出したことに、碧空の君は眉間《みけん》に皺《しわ》を寄せていた。

貨幣を使うのは人間だけで、竜も魔物もそんな物は使わない。莉奈は何を言い出すのだと王竜達も聞き耳を立てていた。

「部屋の装飾品はタダじゃないんだよ?」

「魔物や素材と物々交換しているではないですか」

「魔物がいなくなれば、その交換自体が出来なくなるでしょう?」

今は魔物という交換材料があるが、その内にいなくなる事もあるかもしれない。なら、手に職があった方がいいのではと莉奈は考えたのだ。

「「……」」

「お主は面白い事を考えおるな」

莉奈の突拍子もない考えに、碧空の君とローレン補佐官の竜は唖然《あぜん》としていたが、王竜だけは愉快だと笑っていた。

莉奈と出会ってから、竜の生活や考え方はガラッと変わった。

雌の竜達は人と同じ様に部屋を装飾し、身綺麗《みぎれい》にし始めた。雌が変われば、その雌に気に入られようと雄の竜も変わってきた。

そうして何かが欲しい竜と人とで物々交換し始めたのも驚きだったが、働いて小銭を稼ぐという発想はさらに驚きである。

何故なら、竜に働くという概念などないからだ。ヴァルタール皇国を護っているのも仕事ではなく、先人から続く信頼関係や番のため。

まぁ野竜が従う理由は、フェリクス王が怖いのひと言に尽きるが。

そもそも人に命令されるのを嫌う竜が、番以外の人の為に何かするのは想像出来ない。だが、莉奈が口にすると、いつかそんな未来もあるかもと思えるから不思議だ。

王竜は、莉奈の考えを頭ごなしに一蹴《いっしゅう》したりせず、ずっと感心して聞いていた。他の竜なら考えもしないだろうが、王竜だけはそんな人との共存のあり方もあるかもしれないと、莉奈を優しい眼差しで見守るのであった。

◇◇◇

王竜達に別れを告げ、竜が空に溶けると、聖木の周りは一気に閑散となった。莉奈は竜の存在感たるものを、改めて感じた。

もうすでに、魔物がいる場所に入っているのだ。生きた魔物といえば、スライムくらいしか見た事がない。

一応、竜が持って来た死骸《しがい》はたくさん見た事はある。あんなモノが普通に生息していると考えるとゾッとするけれど、フェリクス王が傍にいるので何も怖くない。

サファリパークに、頑丈な檻《おり》付きバスで入っているくらいの安心感がある。

「ここからウクスナの首都までって、どのくらい掛かるんですか？」

「三日もあれば行けけんじゃねぇの？」

どこまで徒歩か知らないが、フェリクス王はザックリと教えてくれた。

それもそうである。アッチの世界と違って、不特定多数の事案が起きる世界だ。魔物に襲われてしまったりすれば、日程などすぐに崩れる。

簡単に予想など出来ないだろう。

だが、そのフェリクス王の返答に、真っ先に異議を唱えたのはアーシェスとローレン補佐官である。

「はぁ？　三日？　三日でなんか行ける訳ないでしょう⁉」

「現状、魔馬もいませんしね」

「魔馬？」

話を聞いている限り徒歩なら、最低五日くらい想定しないとダメな距離らしい。

そんな距離や時間より、知らない言葉が気になった莉奈。

〝まば〟とは何だろうか？

「魔馬ってのは、魔物に怯《おび》えない品種の馬。まぁ、俺達には竜がいるし、瞬間移動《テレポート》も使えるから、あんまり用はねぇけどな」

エギエディルス皇子の説明によると、魔馬とは馬より脚が太くガッシリしている動物で、移動には欠かせない乗り物だとか。

普通の馬は魔物に対して怯えるため、防壁の外は滅多に走らないが、魔馬は大丈夫。瘴気に触れても魔物にならなかった馬と言われているらしく、魔物を見てもあまり暴走しないので、重宝しているそうだ。

お金がある貴族や商人はその魔馬を持っているので、護衛を付けて外の町や村へ行くことが出来る。一方予算のない人やお金を掛けたくない人は、国や町などによって運行されている冒険者付きの乗り合い馬車を使うみたいだった。

以前、料理人のダニーが猪に似た魔物、ボア・ランナーに追っ掛けられたのも、その乗り合い馬車なのだろう。

「とりあえず、ウクスナとの国境の町〝ゴルゼンギル〟に向かうんだってさ」

エギエディルス皇子によれば、まずはヴァルタール皇国とウクスナ公国との国境の町、ゴルゼンギルに徒歩で向かうとの事。

今のところ、道らしき道などなく木と草しかないが、何を目標に歩いて行くのだろう。莉奈は辺りを見回していた。

「ふぅん?　そこは徒歩でどのくらい？」

「三時間も掛からねぇよ」

「はぁぁ？　三時間⁉　ココからどうやって三時間で行くのよ‼」

莉奈がエギエディルス皇子に訊《き》いたら、フェリクス王が代わりに答えてくれた……のだが、アーシェスが再び驚いていた。

アーシェスいわく、三時間は絶対にあり得ないとか。

魔王様ことフェリクス王の感覚がまったく基準にならない事が、莉奈は改めて良く分かった。

「あぁ？　さっきからうるせぇな。普通に歩けば普通に着くだろうが」

「着かないわよ‼　あなたの基準で考えないでちょうだい」

「リナ、常人は最低一日くらい掛かるから」

アーシェスがフェリクス王に反論している横で、ローレン補佐官がコッソリ本来の時間を耳打ちしてくれた。

道が整備されている場所ならまだしも、ほぼ獣道な所を通る。しかも、魔馬に乗らず徒歩な上、魔物に出遭ったら道を逸れる可能性すらあるのだ。

魔物に出遭えば、体力や気力を奪われるため、余分な時間が掛かるのである。

ただ、それはあくまで常人の旅の話。そう、ここにいる御方は常人ではない。超人、いや魔王様である。

そのフェリクス大魔王には、魔物が襲って来る事はないので、普通の街歩き的な感覚で進めてしまうのではないかと推測する。

「あぁ？」

「はい、すみません‼」

莉奈にコッソリ言ったつもりだったが、どうやらフェリクス王にも聞こえた様だ。

フェリクス王に軽く睨まれたローレン補佐官の背筋が、驚く程にピンとなっていた。

一般的な冒険者でさえ、一日掛かるような距離を三時間とか……。

「マジ魔王」

――バシン！

ローレン補佐官には睨みだけだったのに、何故か莉奈の頭には平手が落ちてきた。

莉奈の呟《つぶや》きが呟きではないのか、フェリクス王が地獄耳なのか、彼の耳にはしっかり聞こえていたのだった。

◇◇◇

そんなこんなで、何時間掛かるか分からない道のりを、莉奈達は歩き出した。

誰かを先頭にして誰かを殿《しんがり》に、みたいに指示するのかなと莉奈は思っていたが、特に何も言われなかったので、とりあえず後方にいる事にする。

別に何か考えて後方にいた訳ではなく、道が分からないから必然的に誰かの後ろになっただけ。

ただ気付いたら、ローレン補佐官が莉奈達の後ろに付いていたので、言わずもがななのだろう。

気になるといえば、誰も方位磁針を見たり地図を広げたりしていない事だ。目印が何もない場所なのに、フェリクス王達には位置や道が分かるのか、迷わずサクサクと進んでいる。

こんな所でハグれたら自分は絶対帰れないので、気を付けなくてはと、莉奈は思うのだった。


どこまでも広がる綺麗《きれい》な青空。

瘴気がどうこう言われている割りには、澄んだ空気。莉奈は勝手に瘴気はどんよりしているかと思っていたのだが、見た目だけでは分からないのかもしれない。

歩いている場所も、岩場や山道ではないため比較的歩きやすい。

何より一番楽だなと思うのは、手ぶらだという事。莉奈も含め、全員が魔法鞄《マジックバッグ》を所持しているので、荷物らしい荷物を誰も持っていない。

普通なら、それなりの装備を持って長旅をしなくてはならないのだが、魔法鞄《マジックバッグ》があるおかげで、ほぼ手ぶらに近い状態。

オマケに、魔物どころか猛獣的な生き物も出て来ないので、安心安全なジャングル散策であった。

辺りをキョロキョロして見れば、木はたくさん生えているが、森ほどうっそうと生えていないので、日当たりも良い。

やたら幹が太い木。花弁が多い綺麗な花。莉奈が見た事もない木や草花がほとんどだ。時折、聞いた事のない鳴き声が聞こえたりして面白い。

店も家も何もない所を歩くのは苦痛かと思っていたが、初めて見たり聞いたりするモノがたくさんあって、ハイキングみたいな感じで意外と楽しかった。

「あ、あそこにカラフルな鳥がいる。アレは何て鳥？」

少し離れた木の枝に、インコに似た鳥が数羽止まっていた。

赤や黄色、緑や青色など、原色に近い色の羽根を持っているド派手な鳥で、インコよりかなり大きい。

「ドインコ。羽根は高く売れる鳥だな」

「食べられるの？」

「「「……」」」

莉奈が食用かと訊けば、教えてくれたエギエディルス皇子だけでなく、会話を聞いていた皆が何とも言えない表情をしていた。

莉奈は何故、そんな顔をされるのか分からない。

だって、羽根は頂くけど命は奪わないって事はないだろう。なら、肉は食べるのかなと莉奈は思ったのだ。

鳥なら肉を食べられるハズ。あの鳥は羽根だけ毟り処分するということなら、美味しくないのかな、と気になるのは当然だ。

「初めて見た鳥を食べようとすんなよ」

「え？　だってただの鳥みたいだし、魔物じゃないなら抵抗ないんじゃないの？」

「抵抗以前に、鳥を見たお前の感想がオカシイ」

「えぇえっ⁉」

エギエディルス皇子は呆《あき》れ笑いをしていた。

「羽根が綺麗だね」で終わらないのが実に莉奈らしいが、発想が斜め上過ぎてエギエディルス皇子はついていけなかった。

「あの鳥、臭みが強いらしいわよ」

「え？」

「私は食べた事はないけど、確か師匠がそんな事を言っていたわ」

エギエディルス皇子が呆れる中、アーシェスが苦笑いで教えてくれた。

どうやら、アーシェスの師匠バーツは食べた事がある様だった。

「あのジジィ、食った事あるのかよ」

「リナと気が合う訳だな」

「……」

話を聞いていたフェリクス王兄弟は呆れ笑いし、ローレン補佐官は複雑な表情でドインコを見ていた。

そんな中、臭みが強いなら無理して食べなくてもいいかなと、莉奈は他の鳥を探すのであった。

「なんか甘い香りがしない？」

しばらく歩いていると莉奈の鼻先に、甘い香りがふわりと漂ってきた。

花の香りというより、苺《いちご》に似た甘い香りだ。莉奈は鼻をスンスンさせ、その匂いの元を探していた。

「お前、あんまりウロつくなよ」

「だって、何か美味しそうな匂いがするんだもん」

エギエディルス皇子に注意されたのだが、気になるモノは気になるのだ。

匂いのする方向へゆっくり足を運んでみると、草むらの中にポツンと赤い実を付けた植物のようなものを見つけた。

「何コレ？」

それに葉らしい葉はなく、地面から緑色の茎だけがニョキッと生えていて、その先っぽに赤い実が付いていたのだ。その実の大きさは拳《こぶし》ほどなので、少し垂れ下がっているが、そこから甘いイイ匂いがしている。

莉奈の知っている苺は、こんな生え方や育ち方をしないけど、異世界の苺は、こうやって生えてくるのだろうか？

莉奈が興味津々に近付いて見た瞬間――

――足元の地面が、動いた。

「え⁉」

ものスゴい速さで、左右から地面を突き破って大きな葉が現れたのだ。

それはまるで、そこに誘き寄せた莉奈をひと口で喰《く》わんとばかりに、葉で挟み込もうとしていた。

そう。この苺みたいなモノは、実は苺などではなく捕食するための餌（罠《わな》）だったのである。何も知らない莉奈は、イイ匂いだなと寄り、まんまとハマったのだ。

さすがの莉奈も、想定外で初動の判断が遅れてしまった。マズイと思い慌てて後方に逃げようとしたが、到底間に合いそうもない。

――だが、莉奈がその葉に挟まれる事はなかった。

「お前みたいなアホが引っかかるのか」

代わりに莉奈の頭の上から、失笑が降って来た。

どうやら喰われる前にフェリクス王が、莉奈を救ってくれた様である。素早く抱えられ、今は安全圏内に降ろされていた。

そして、莉奈を捕まえ損ねたモノは、舌打ちみたいな音を出して、再び地面に消えていったのだった。

「今のは魔物ですか？」

〝アホ〟と言われた事が、若干引っかかるものの、お礼を言ってから訊いた莉奈。

突然過ぎて良く観察する暇はなかったが、莉奈を挟み込もうしていたモノは、ハエトリグサに似ていた気がする。ハエトリグサの葉の真ん中に、餌を付けた様な魔物に見えた。

「いや、食虫植物の一種」

「え、食虫植物⁉」

魔物かと思っていたのに、まさかの食虫植物だった事に、莉奈は驚愕《きょうがく》していた。

莉奈にしたら、アレはどう考えても魔物にしか見えなかった。

アレが植物とは、莉奈の頭は大混乱である。

魔物の定義とは何だろうか？

「〝魔物〟と〝植物〟の違いが分からない」

そう疑問の声を上げていたら、フェリクス王が笑って、目線で莉奈を促した。

促された方向を見てみると、30メートルほど先の地面に、先程と同じく苺みたいなモノが付いた茎がニョキリと生えていたのだ。

「アレが〝魔物〟」

「え、なんか同じように見えますけど？」

「だから〝鳥トリグサモドキ〟」

「モドキ」

なるほど？

莉奈はモドキと言われ、改めて良く見ると何か違和感が。

先程の〝鳥トリグサ〟とこの〝モドキ〟、色も香りも本物の苺ソックリだが、そこに生えている魔物のモドキは色もマダラで形も歪《いびつ》、しかも匂いはほとんど香ってこない。プロとアマチュアくらいの差がある。

本家を真似た魔物。だから、モドキなのだろうが、魔物なのにクオリティーが低過ぎて笑える。どうせ真似るなら、もう少し頑張って欲しいと思う。

「他は何が違うんですか？」

擬似餌のクオリティー以外の違いが、莉奈にはまったく分からない。

世界には他種に似せた生き物は多くいるが、基本的に同じ系列の生き物だ。だが、コレは魔物と植物という決定的な違いがある。その違いとは？

莉奈の質問に対しフェリクス王は不敵に笑うと、足元に落ちていた小石を、軽く足で蹴《け》り上げ右手に持った。

「エディ」

「マジかよ」

エギエディルス皇子はその行動だけで、兄王がこれから何をしようとしているのか理解したのか、少し焦った様子で帯びていた剣を抜いて構えた。

それに倣って、ローレン補佐官も剣を構えようとしたが、フェリクス王に左手で制されていた。

エギエディルス皇子一人にやらせるという事らしい。

アーシェスは良からぬ事態が起きると察し、こちらも慌ててローレン補佐官の後ろに回っていた。


――ピン！

何をするのかと莉奈が黙って見ていると、フェリクス王は拾った小石を、コインみたいに軽く指で弾いた。

軽く弾いただけの小石は、ものスゴいスピードで一直線に、鳥トリグサモドキの擬似餌に飛んで行ったのだった。


――パシュ‼

フェリクス王にかかれば、小石でも凶器になるらしい。

鳥トリグサモドキの擬似餌に寸分たがわず命中すると、擬似餌はビックリするくらいに簡単に弾け飛び、小石と共に奥の草むらへと消えたのであった。

「ギョェエエーーッ⁉」

その代わりに、聞いた事のないような叫び声を上げながら、地面から姿を現したのは、まさしく魔物だった。先ほどの食虫植物は葉っぱしか出てこなかったが、今回は根っこにかなり近い部分まで地上に出てきている。植物ならこうはいかないだろう。

何事かと辺りをキョロキョロすると、目かセンサーでも付いているのか、こちらの存在に気付いたようで、ピタリと動きを止めた。

相手が魔物だろうが植物だろうが、コレは莉奈にも分かる。憤怒のご様子だ。

大口を開けて、莉奈みたいな餌が来るのを待っていたら、体の一部を弾き飛ばされたのだ。魔物でなくとも怒るだろう。

「来るぞ」

「分かってる」

フェリクス王が面白そうに言えば、エギエディルス皇子が軽く腰を落として、臨戦態勢に入った。

可愛いエギエディルス皇子は、アレと戦う気らしい。

魔物とは距離がある。だから、莉奈はてっきり、エギエディルス皇子が魔物に向かうと、想像していた。

——だが。

「えぇエーーッ⁉　そう来るのーー⁉」

フェリクス王がいる安心感からか、莉奈はその魔物の行動を見て、思わずツッコんでしまった。

莉奈の想像的には植物の魔物だから、茎か木の根を触手のように長く伸ばして、攻撃してくるのかと思っていた。しかし、想像はあくまで想像で、まったく違った。

魔物である鳥トリグサモドキは、完全に木の根まで地上に露出した途端、その根を器用に使って
……走って来たのである。

そう。まさに爆走。

走って向かって来る姿は……実にシュールであった。

「噂では聞いていたけど、本当にああやって移動して来るのね」

ローレン補佐官の後ろに隠れていたアーシェスも、その魔物のシュールな姿に唖然《あぜん》となった。

普通、魔物があんな速度で向かって来たら、こんな暢気《のんき》ではいられない。

だが、フェリクス王がいるというだけで、この異常なまでの安心感。魔物が出ようが向かって来ようが、まったく怖くない。

ローレン補佐官もそうなのか、王城にいるよりピリッとしてはいたものの、表情や雰囲気には随分と余裕がありそうだ。

「エディ。伸びてくる蔦《つた》ばかり相手してないで、早く頭《は》を落とせ」

「うるさいな！　分かってるよ‼」

鳥トリグサモドキは、ある程度の距離まで近付くと、植物の魔物らしく蔦や根を使って攻撃をし

てきたのだ。

莉奈達は、大分離れた所にいるので暢気であったが、一人で鳥トリグサモドキと対峙《たいじ》しているエギエディルス皇子だけは、余裕などあるハズもなかった。

兄王に揶揄《からか》われながらも、必死に魔物と戦っているエギエディルス皇子を、莉奈は何か申し訳ないなと思いつつ見ていた。

だって、莉奈があの植物に引っかからなければ、こんな目に遭わずに済んだのだから。

しかし、フェリクス王に鍛えられているだけあって、ヒヤヒヤする場面がない。

身軽なエギエディルス皇子は、予測が難しそうな蔦や根の攻撃を華麗に躱《かわ》し、冷静に一本一本切り落としている。

何本か落とされていくと、魔物の動きも段々と鈍ってきて、弱点の頭《は》を狙える隙が出てきた。

エギエディルス皇子が、そろそろ鳥トリグサモドキの頭《は》に狙いを定めた時――

その個体とは明らかに違う蔓《つる》が、エギエディルス皇子の足元に伸びて来たのだった。

「な、フェル兄‼」

エギエディルス皇子の小さな叫び声が、辺りに響いた。

ただ、それは決して、魔物が増えて助けを求めた訳ではない。

兄王が、近くに潜んでいた鳥トリグサモドキにちょっかいを出し、余計な仕事を増やしたので、怒っていたのだ。

「一体じゃ物足りねぇだろ？」

「バッカじゃねぇの⁉　マジ信じらんねぇ‼」

末弟に次々と魔物をけしかけておきながら、口端を上げて笑う兄王。

やっと倒せそうだというのに、新たな個体に再び翻弄《ほんろう》されるエギエディルス皇子。兄王に文句を漏らしながらも、果敢に立ち向かっていたのだった。

「「「……」」」

そんなフェリクス王を見て、莉奈達は何とも言えない表情をしていた。

こんな鬼教官みたいな兄を持ったエギエディルス皇子には、もう同情心しか湧かない。手を貸せる雰囲気でもないので、応援しか出来ない莉奈達なのであった。

◇◇◇

結果的に、五体倒す事になったエギエディルス皇子は、疲れた様子でこちらに戻って来ると、莉奈に向かって何か投げてきた。

「ホラッ」

「んぎゃ‼」

莉奈は思わず、横に飛び避けた。

エギエディルス皇子が投げてきたのは、鳥トリグサモドキの擬似餌だったからだ。

「欲しかったんだろ？」

「いや、モドキの方じゃな……っていらないし」

別に、食べようと思って見ていた訳ではない。

ただ、甘い匂いの元が何かと気になっただけ。しかも、コレはクオリティーの低い偽物。味も美味しくないに違いない。


【鳥トリグサモドキの擬似餌】

食感も味も悪く美味しくない。

擬似餌を擦り潰《つぶ》し、魔法水と混ぜると脱力薬になる。


「脱力薬」

とは何だろうと、莉奈は〝脱力薬〟を【検索】して視てみる。

【脱力薬】

個体差や摂取の仕方によるが、三十分程度、何もやる気が起きない。


「やる気が起きない」

五月病みたいなモノなのだろうか？

「しかも、やっぱり美味しくないのか」

逆にこのクオリティーで美味かったら、驚きだよね。

「詳しく【鑑定】してんじゃねぇよ」

エギエディルス皇子は揶揄って投げただけで、本気で食べるなんて思ってない。

なのに、とりあえず【鑑定】なんかする莉奈に呆《あき》れていた。

「げ、しかも食うのかよ」

莉奈が落ちている擬似餌を拾い上げ、次々と魔法鞄《マジックバッグ》に入れ始めたので、エギエディルス皇子はさらにドン引きしていた。

なんだかんだ言っても食べる気なのかと。

「食べないけど〝脱力薬〟になるみたいだから？」

持続性は長くなさそうだけど、あれば便利だ。

魔物に投げつければ、闘争心を削ぐ事が出来るかもしれない。

「〝脱力薬〟？」

「うん。ザックリ言うと、やる気がなくなる？」

ローレン補佐官とアーシェスが眉根《まゆね》を寄せていたので、莉奈は【鑑定】で視た事を簡単に説明する。


【鳥トリグサモドキ】

鳥トリグサを模した姿を持つ植物系の魔物。

鳥トリグサ同様、草原に潜んでいる事が多く、擬似餌を使って獲物を呼び込み、二枚の棘の付いた葉で挟んで捕食する。

だが、本物に比べ形も匂いもクオリティーが低い為か、罠に嵌まる生き物は少ない。

根を器用に使い走って来たり、蔦や根で攻撃してくる事が多い。


〈用途〉

擬似餌は、魔法水と混ぜて精製すると脱力薬となる。

服用だけでなく、掛けても散布しても効果がある。

〈その他〉

擬似餌は食用であるが、食感が特に悪く美味しくない。

散布などで摂取するより、服用した方が効果が高く持続性がある。


「リナの【鑑定】は本当に詳しいな」

「へぇ、そんな薬が作れるのね」

それを聞いたローレン補佐官やアーシェスが感心して頷《うなず》く横で、フェリクス王が面白そうに口端を上げていた。

「なら、うるせぇ貴族《ヤツら》にソレを投げ付けてやれば黙るのか」と。


——いやいやいや。

いきなりこんなモノを投げ付けられたら、誰でも黙るから。

大体、そんな薬より、フェリクス王が睨《にら》めば一発でしょう。

色々とツッコみたい莉奈なのであった。

◇◇◇

「しかし、静かだ」

莉奈が思わず呟《つぶや》いてしまう程、あれから道中は静かだった。

正確には、聞いた事もない鳥や生き物の鳴き声は聞こえるが、それ以外は静けさしかない。

魔物らしい魔物に遭遇したのは、あの植物の魔物、鳥トリグサモドキだけ。

それも、フェリクス王がけしかけたから出て来た様なもので、あちらから襲って来た訳ではない。

「何でこんなに平穏なのよ？」

アーシェスもそう思ったのか、辺りを見回しながら訝《いぶか》しんでいた。

防壁の外に出れば、魔物に遭うのが普通。ここまで遭遇しないのが、逆に異常なのである。違う意味で不気味だと、アーシェスは腕を摩っていた。

「これが〝聖王《あにうえ》〟の力」

エギエディルス皇子は感動に打ち震えていた。

以前次兄シュゼルが、長兄フェリクスの存在そのものが聖樹か聖女みたいなモノと喩《たと》えていた。

今まで深く考えずにいたが、次兄シュゼルに言われた事を意識してみると、改めて長兄フェリクスの凄《すご》さが分かったのだ。

さっきの所業などもう気にならないのか、キラキラとした瞳《ひとみ》でフェリクス王を見ている。

「「……」」

ローレン補佐官もエギエディルス皇子同様に、自国の王の姿に感動している様子だったが、莉奈とアーシェスは違った。

魔物が恐れる人とは？　と感動より、恐怖が優る。

莉奈は改めて、フェリクス王の魔王っぷりを感じた今日この頃なのであった。


「あ、そうだ。エド、飴《あめ》食べる？」

魔物に遭遇しないし、もはやジャングル探索かハイキング気分な莉奈は、魔法鞄《マジックバッグ》からベッコウ飴を取り出した。

玄米茶や紅茶、水などの飲料水は、各自自由に飲めるようにと旅の前に渡してある。だが、食べ物は別だ。

少し疲れたかなと、莉奈はエギエディルス皇子にベッコウ飴を差し出したら、ローレン補佐官とアーシェスが寄って来た。

「お前は、鳥トリグサか」

その様子を見ていたフェリクス王が、呆れ笑いをしていた。

食べ物を出した途端に、莉奈の周りに人が集まる姿は、まるで先程の鳥トリグサだと。

「え？」

莉奈は一瞬意味が分からず、キョトンとしていたが、エギエディルス皇子達はすぐ分かったらしく、顔を見合わせて笑っていた。

確かに言われてみれば、今の自分達は鳥トリグサ《莉奈》に誘われた獲物みたいなものである。

「捕食するなよ？」

「する訳がない‼」

〝捕食〟と言われ、やっと自分が揶揄《からか》われていると分かった莉奈は、堪らず頬を膨らませたのだった。


「綺麗《きれい》ね。この飴」

「ですね。キラキラしていてまるで宝石みたいだ」

アーシェスとローレン補佐官が、陽の光に当て目を細めていた。

透明度が高いベッコウ飴は、陽の光に当たるとキラッと光り、飴より鉱物の様だ。

「モル飴じゃないな」

似たような飴でもあるのか、エギエディルス皇子が口に放り込みながら言った。

「モル飴？」

「モルっていう、穀物から作る飴よ」

何だろうと首を傾げていたら、アーシェスが教えてくれた。

大麦に似た穀物で、そのモルを煮詰めて発酵させ固めると、こんな飴みたいになるらしい。少し麦の香ばしい香りがする飴だとか。ただ、ベッコウ飴ほどの透明感はないそうだ。

「この飴は何で作ってあるの？」

「砂糖と水」

「え？」

「砂糖と水」

「それだけ？」

「それだけです」

莉奈がそう言えば、アーシェスとローレン補佐官が目を丸くさせていた。

そんな簡単に出来る物だと思わなかった様だ。

「このベッコウ飴みたいな飴は売られたりはしてないんですか？」

砂糖と水だけで作る簡単な飴だ。

砂糖のお値段はバカ高だが、作り方は難しくないから、莉奈はコッチの世界でも似たようなものがあるのではと思った。

「ないわね」

「私も聞いた事はないですね」

そう思ったのだが、ないらしい。

アーシェスとローレン補佐官が飴を口にする横で、エギエディルス皇子が美味しそうに飴を転がしていた。

「モルから作れる難しい飴はあるのに、なんでないんだろう？」

「「さぁ？」」

ベッコウ飴は日本独自の飴だと聞いた事はあるけど、こんなに簡単なのに何故ないのだろう？

簡単過ぎてやらないのだろうか？

アーシェスもローレン補佐官も、分からないと笑うのだった。

「リナ、コッチの茶色っぽいのもベッコウ飴？」

「うん、フレーバーが違うベッコウ飴。さて、何味でしょう？」

すぐ答えを言うより、食べて当てた方が楽しいよね。

「よし、当ててやる」

エギエディルス皇子は、口に今入れたばかりの飴がまだあるにもかかわらず、意気込んで茶色のベッコウ飴も口に放り込んだ。

「ん‼　紅茶味だ‼」

「正解で〜す」

口に含んですぐ分かったのか、エギエディルス皇子は目を丸くさせていた。

そう、茶色のは紅茶のベッコウ飴だ。

茶葉から濃く煮出した紅茶を使って作ってみた。王宮にある紅茶だから品質が良く、香りがイイ。口に含むと鼻にふわりと紅茶の良い香り。この紅茶のほのかな苦味と砂糖の優しい甘さが、ノーマルタイプとは違った味わいを醸し出す。

ちなみに、シュゼル皇子用には、紅茶のリキュール入りのも作ってある。執事長イベールがタイミング良く渡すだろう。

「紅茶味もウマい」

予期せぬ魔物討伐で疲れていたエギエディルス皇子も、ご機嫌である。

「ちなみに苺《いちご》やマスカット、塩トマト飴もあるよ？」

屋台店で売っているみたいに、竹串《たけぐし》に刺したバージョンと、キャンディ包みしたのと両方ある。

何故、両方あるのかというと……。

串《くし》を咥《くわ》えたまま歩くのは危ないと思ったからだ。

「苺」

「マスカット」

「塩トマト飴？」

今出す予定ではなかったけど、興味津々なエギエディルス皇子達の瞳にやられ、莉奈は魔法鞄《マジックバッグ》から取り出した。

苺やマスカットは、良く屋台店にある感じで、飴を絡めて固めて作った物。塩トマト飴は、小さなトマトに飴を絡めた後、軽く塩を振った塩分補給用の飴だ。

「なんか可愛いわね」

「飴の中に果物を閉じ込めたのか」

アーシェスとローレン補佐官は、キャンディの中を見た後、楽しそうに魔法鞄《マジックバッグ》にしまっていたけど、莉奈は早速とばかりに苺飴《いちごあめ》をパクリ。

「外はパリパリ、苺は甘酸っぱくて美味しい」

周りのベッコウ飴は薄いのでパリパリ、でも中の苺はジューシー。

塩トマト飴は、程よい塩気が疲れた身体を癒してくれる。どちらも甘いだけじゃなく、食感や味の変化もあって楽しい飴だ。

「リナのくれた玄米茶も美味しいわね」

「ホッとする味だ」

莉奈に貰《もら》った冷たい玄米茶も飲めば、アーシェスとローレン補佐官の疲れた身体に沁《し》みるのだった。

◇◇◇

——そんなのんびりとした時間が、二時間ほど過ぎた頃。

薄っすらと土が見える場所が増えて来た。

この辺りは人や馬車が多く通るのか、日陰で成長しにくいのか、所々草がハゲている。となると、国境の町も近いのかなと、莉奈は考えた。

「そうだ。リナ」

「はい？」

「コレを渡しておく」

莉奈が町はそろそろかなと思っていると、フェリクス王から何かカードを手渡された。

パッと見た感じ保険証みたいだが、プラスチック製ではなく鉄製の様に見える。

そこには、出身地と名前、身分等が彫ってあるのだから、身分証明書なのだろう。

莉奈の出身地は本来なら日本だが、そこはさすがにヴァルタール皇国の王都リヨンと明記されている。名前はフルネームではなくリナとだけ。

〈職業〉冒険者

「何故」

莉奈は思わず呟《つぶや》いた。

自分の職業が、何故か冒険者になっていたからだ。

「あら〝商人ギルド〟のカードじゃなくて、〝冒険者ギルド〟なのね」

「「〝冒険者〟」」

横からヒョイと見たアーシェスが気付き口に出せば、エギエディルス皇子とローレンが吹き出していた。

職業欄を見るか、ギルドカードの右上にある小さな刻印で、冒険者ギルド発行か商人ギルド発行かが分かる様である。

冒険者ギルドカードの刻印は〝剣と盾〟。

冒険者や警備隊など、主に武器を常備する職業の人が持つ身分証明書。

商人ギルドカードの刻印は〝木箱と麻袋〟。

店舗を持つ者やバイヤーなど、主に売買に関わる人が持つ身分証明書。

ただの身分証明書カードなら、右上は発行元の国の紋章だけが刻印されているらしい。

なら、その身分証明書だけの普通のカードでイイではないか、と莉奈は説明を聞いて思った。

「鉄《アイアン》だから、ランクはEね」

「竜を喰《く》らっていようが、冒険者としてはひよっこだからな」

「竜は喰ってないし、私は冒険者じゃない‼」

アーシェスとフェリクス王の会話に、莉奈は堪らずツッコんでしまった。

「普通の身分証に――」

「あぁ、そうだ。コレもやる」

文句を言おうとした莉奈の右手に、ポンと追加で何かを渡された。

「……」

莉奈は渡された物を見て、さらにムスリとする。

フェリクス王から渡されたのは、どこか見覚えのある物だった。

それを見たアーシェスは堪らず、吹き出していた。

「〝ナックルダスター〟」

エギエディルス皇子とローレンは一瞬唖然《あぜん》となっていたが、それが何か分かったのか同時に口に出すと、アーシェス同様にお腹を抱えて笑っていた。

「ナックルダスター？」

莉奈は聞き慣れない名称に、少しだけ怒りが吹き飛んでいた。

莉奈の知っている名称でなかったので、つい気になったのだ。

「〝メリケンサック〟の別名」

「いらん‼」

やっぱり〝メリケンサック〟だった。

以前、フェリクス王と王都に行った時、アーシェスがいる武器屋で見た武器である。

指輪が横に四つくっ付いて並んだ様な形状で、指輪の先に小さな棘《とげ》が付いている。

ちなみに使い方は簡単で、四つ並んだ穴に親指以外の指を嵌《は》め、対象のモノをただ殴るだけ。素手だと自分の拳《こぶし》にダメージがあるが、コレを着けておくと軽減されるのである。

己の拳を保護すると共に、パンチの破壊力を上げる武器、それがナックルダスターこと〝メリケンサック〟だ。

それをジッと睨《にら》みながら、莉奈は思う。

職業といい武器といい、私を何だと思っているのか。莉奈は不満しかなかった。

「なんだ。指輪の方が良かったか？」

「ゆ、どっちもいらん‼」

指輪なんて言ってる時点で、揶揄《からか》われているのだ。

メリケンサックをいらぬと突き返したところで、フェリクス王はニヨつくだけで受け取りもしない。

腹は立つがどうすることも出来ず諦《あきら》めた莉奈は、笑うフェリクス王を無視し、スタスタと足を速めるのであった。

ちなみに、冒険者や商人カードは世界共通で、六段階のランクがある。

Sランク――黒《ブラック》
Aランク――白金《プラチナ》

Bランク――金《ゴールド》
Cランク――銀《シルバー》
Dランク――銅《コッパー》
Eランク――鉄《アイアン》
Sランクは別名〝神ランク〟と言われ、会えるだけで奇跡と言われているらしい。

フェリクス王は絶対Sランクだろう。

そんな事を考えながら莉奈がズンズン歩いていると、フェリクス王に襟首を掴《つか》まれた。

「そっちじゃねぇ」

「え、だって」

先はYの字に道が分かれていたのだが、右の道には大木が道を大きく塞《ふさ》ぐように倒れていたのだ。

ただ、倒れていただけなら、フェリクス王にお伺いを立てたかもしれない。

だが、倒れていた大木にはナイフか何かで意図的に付けたような、大きなX印が。

莉奈にはそれが、こちらには危険があると、親切な誰かが教えてくれていると感じられたのだ。

「兄上？」

エギエディルス皇子もそう思ったのか、兄王の言動に首を傾げていた。

「コレは屑《くず》の悪戯だ」

そう言うとフェリクス王は、そこに倒れている大木を軽く蹴《け》り、数十メートル先に飛ばしたのだった。

「「……」」

莉奈とアーシェスは目を見張って固まっていた。

五人いたところで、動かせるか分からないあの大木が、あんな簡単に蹴り飛ばされて消えたのだ。

フェリクス王の脚力がスゴ過ぎて、何も言えなかった。常人にそんな事は無理である。

「やはり、魔王」

――ドス。

そう呟いた莉奈の頭に手刀が落ちて来たのは、言うまでもなかった。


「良く悪戯だと分かりましたね？」

「道を知っているからな」

フェリクス王がいなければ、気付かず左に行っていたかもしれないなと、ズキズキする頭を撫《な》でながら思う。

「何でこんな事をするんですかね？」

「屑だからじゃねぇの？」

莉奈が何となく訊《き》いてみたら、想像通りの答えだった。

要は〝人の不幸は蜜《みつ》の味〟。コレを置いた者の思惑通りに道を進み、困惑する姿を想像して、どこかで楽しんでいるのだろう。まさに屑である。

魔物の糞《ふん》でも踏んでしまえ。

「轍《わだち》が新しい」

大木が倒れていなかった逆の道を見ていたフェリクス王は、その土の跡に眉根《まゆね》を寄せた。

馬車の車輪が通ったような跡があるのだが、まだ風化しておらず、まるで最近通った様に見える。

「ですね。陛下、この先って……」

以前は採石場だった場所だ。だが、今は閉鎖してるハズ。そうローレンが眉根を寄せていたら、フェリクス王が頷《うなず》いていた。

「道に迷ってるんじゃないの？　だって、こっち側に町や村なんてあるの？」

「今はない」

ローレンとアーシェスは、間違えて行ったかもしれない者の行く末が気になるのか、フェリクス王と話をしていた。

「以前、この先で空石《カラセキ》が採れた時には集落があったが、採石場の閉鎖と共に集落も引き上げてる」

「なら、やっぱり迷ってるんじゃ」

「否定はしねぇが、僅《わず》かに残った空石を狙って行った輩の可能性もある」

「割に合いませんけどね」

良質な空石は高額で取り引きされる。だから、閉鎖してもコッソリと来る輩は多いとか。

だが、ここが閉鎖されていようが、鉱業権や採掘権はヴァルタール皇国が持っている。なので、見つかれば当然盗掘の罪で捕まる。

大体、ここは魔物もいる上に採れる保証すらない。しかも、バレたら処罰。そんな場所での採掘など、ハイリスク、ローリターンだ。割に合わないなんてものじゃない。

他国では、危険な作業の為奴隷や重犯罪者にやらせているみたいだが、奴隷制度がないヴァルタール皇国では、普通に職業の一つだ。

しかも、大規模な鉱山や採石場は国が管理しているので、採掘する者は当然国が雇う。国が雇う以上、手厚い補償がある。なので、魔物に襲われない様に雇われ冒険者や警護兵は随時いるし、万が一ケガをすれば無償で治してくれるのだ。

おまけに、気まぐれな竜がたまに駐屯してくれるというのだから、万全過ぎる。

だが、それでも採掘作業自体にも危険は伴うので、給金は割と高いらしく人気の職業の一つだった。

「まぁ、腹いせにやった可能性もあるがな」

「「腹いせ？」」

「そのおこぼれを狙ったものの、全く採れねぇから、こうやってガキみたいな嫌がらせする屑もいる」

そう言ってフェリクス王が馬鹿にした笑いをするから、莉奈達は驚いていた。

どんな腹いせだ。悪質にも程がある。

「「最悪」」

エギエディルス皇子とアーシェスが、顔を顰《しか》めていた。

盗掘しておいて採取出来なかったからと旅人に不利益を与えるなんて、自己中以外の何ものでもない。

ちなみに、ワザと違う道に誘導させ、旅人の荷を狙う賊の可能性もあると聞かされ、莉奈はため息が漏れていた。

つまるところ、魔物よりタチが悪いのは人間なのだろう。

「どうしますか？」

「面倒くせぇけど、確認する他ねぇだろ」

ローレンがお伺いを立てたら、フェリクス王はかったるそうにしていた。

ただでさえ、危険？　な長旅なのに、余計な仕事が増えたからだ。今は見なかった事にしてもいいが、後々気になっても面倒だと考えた様だ。

「賊だったらどうするんだ？」

盗掘者にしろ賊にしろ、出遭った場合は捕縛するのか斬り捨てるのか、エギエディルス皇子が訊いた。

「大人しく降参するなら、放っておいてもいい」

逆らうなら、とフェリクス王の不穏な言葉が聞こえた様な気がした。

犯罪者は基本的に大人しくする訳がないので、フェリクス王に会ったが最後だろう。最後が〝最期〟にならない事を祈るしかない。

――そして、轍を辿《たど》って歩き始めて約二十分。

車輪の外れた馬車が一台、道を少し逸れ停まっていたのであった。

# 第5章　与えるだけが、助けではない

馬車はあるがそれを牽《ひ》く馬がいない。どうしたのかなと辺りを見ていると、人の気配を感じた。

「お、お父さん‼　見て。人だよ、人だよ‼」

相手もこちらの気配に気付き、一瞬驚き声を上げた。

車輪が外れ少し斜めになっている馬車の脇から、エギエディルス皇子より少し幼い子供が出て来たのだ。

その子供の慌てる声を聞き、出て来たのは30代の男性だ。ただ、怪我を負っているらしく、痛そうに右足を引きずっていた。

「大丈夫か？」

エギエディルス皇子が声を掛けると、警戒を見せていた父親らしき人も、賊の類でないと安堵《あんど》の表情を見せた。

「シュテームに向かう途中だったんだが、魔物に襲われて」

「シュテーム？　随分と方向が外れましたね」

「え？」

「この先にあるのは閉鎖した採石場。一番近い町ならゴルゼンギルですね」

「ゴルゼン……ギル」

「お父さん‼」

ローレンに現在地を教えてもらった父親は、愕然《がくぜん》としたのか、膝《ひざ》から崩れ落ちていた。

あまりの衝撃に呆然《ぼうぜん》としながら、父親がポツポツと話してくれた事情によれば、二人は親子で自分はダン、息子はチャーリー。十日程前にブルガという小さな町で冒険者を二名ほど雇い、シュテームに向かっていたそうだ。

シュテームというのは、莉奈《りな》がローレン補佐官達と合流した〝聖木〟より南南東にある町で、一方のゴルゼンギルは聖木から東北東に位置している国境の町だ。

東という点では一緒であるが、北と南じゃ大分離れてしまっている。

初めは順調に向かっていたらしいのだが、何度も魔物に襲われていく内に方角を見失い、挙げ句に護衛として雇っていた冒険者は、依頼人《ダンおやこ》を放り出し逃げて行ったとか。それから二日の間、まったく動けずここにいたそうだ。

魔馬がいないのは、魔物に喰《く》われたからだった。

「散々よねぇ」

「でも、我々に会えたのは幸運だったのかもしれませんね」

「だな。じゃなきゃ魔物の餌だったかもな」

アーシェスが親子の境遇を憂いていると、ローレンとエギエディルス皇子は自分達に出会えた運に苦笑いしていた。

誰の仕業か分からないが、あの大木がなければ、素通りした可能性もある。

「どうしたら……」

そう言いかけたところで、人に出会えた安堵感《あんどかん》からか、ダンはギリギリ保っていた気力が切れた様で、気を失い倒れてしまったのだった。

「ここに寝かせてあげて下さい」

ローレンが近くの草むらに、気を失った父ダンを寝かせようとしていたので、莉奈は慌てて魔法鞄《マジックバッグ》からとあるモノを取り出した。

「長椅子」

莉奈が取り出したのは、木で出来た簡易的な長椅子だった。

ローレンは目を丸くさせていたが、それはフェリクス王達も同じだ。何故、魔法鞄《マジックバッグ》にそんなモノを入れて来たのか分からない。

「リナ」

とりあえずケガを治さねばと、寝かされた父親の足に莉奈がポーションを掛けようとしたところで、フェリクス王に止められた。

「同情心からポーションを掛けるのはイイが、一時の優しさは次の厳しさにも繋《つな》がる。ほどほどにしとけ」

「……」

次の厳しさ。

その言葉に一瞬、莉奈が躊躇《ためら》いを見せていると、横からエギエディルス皇子が疑問の声を上げた。

「人助けだろ？」

「人助け自体は悪い事じゃねぇよ。だが、魔法薬《ポーション》は道端に生えてる草とは違う。そう簡単にやっていい物じゃねぇ」

「……」

「イイか、エディ。コイツらがこんな事になったのは、雇う相手を間違え、自ら戦う事も出来ずケガを治す術も知らないからだ」

「……なら……このまま、放っておくのかよ‼」

「そうは言ってねぇ。だが、自分が施せる立場であるからこそ、加減が必要なんだよ」

「……」

フェリクス王はそう言って、エギエディルス皇子の頭にポンと手を置いた。

兄王の言いたい事を、なんとなく理解したエギエディルス皇子。

しかし、頭では理解しても了承出来るものではない。自分だけでは何も出来ないのだと知り、悔しさが滲《にじ》む。

「た、助けてくれないの⁉」

フェリクス王達のやり取りに、チャーリーは不安な様子を見せていた。

フェリクス王達が現れ助かったと思ったのに、長椅子に乗せるだけで、一向に父を治してくれない。それどころか、何か揉《も》めている様にさえ見えたからだ。

「タダではな？」

その言葉に、魔王の名に相応しい笑みを浮かべたフェリクス王。

チャーリーがビクッとして萎縮《いしゅく》した。

「対価か見返りが必要だ」

「た、対価か見返り？」

フェリクス王にそう言われ、救いを求める様に莉奈達を見たが、困った表情を返すだけで何もしてくれない。

チャーリーはギリッと唇を噛《か》んだ。

「人が困っているのに、なんで助けてくれないんだよ‼」

「慈善事業じゃねぇからだ」

「……っ‼」

チャーリーはフェリクス王の言葉に、愕然とし怒りさえ覚えた。

父はケガを負い馬車は故障し、自分達を守ってくれるハズの冒険者は、とうに逃げていない。こんなに困っているのに、何故助けてくれないのだと、チャーリーはフェリクス王達を睨《にら》む。

「いいか、チャーリー。お前達がこうなったのは、己の責任だ。その父に貴重なポーションを使ったために、俺の仲間が助からなかったらどうする？　それは仕方がないとでも？」

「……そ……れは」

「逆の立場で考えてみろ。お前は良かれと思って、今、俺を助けたとする。その後、父親が大怪我を負った時、ポーションがなくて死んだら？　仕方がないと言えるのか？　あの時、俺を助けなければとは考えないのか？」

「……っ！」

フェリクス王に分かりやすく諭され、チャーリーはハッとした。

自分達を助ける事で、これから失う命もあるかもしれない事実に。

「俺達は別に、人助けの旅に来ている訳じゃない。それは俺達だけでなく、大抵の旅人もそうだ。なるべく身軽にと、必要なモノしか持たない。お前だって、そうだろう？　そこに荷物はたくさんあるが、それは自分達の荷物で、他人を助ける為の道具や薬じゃねぇだろう？」

「……」

「それはコッチも同じだ。自分の命綱《ポーション》を無償で渡す訳にはいかない。分かるな？　チャーリー」

だから、欲しいのなら、対価を寄越せと言うフェリクス王。

チャーリーは拳《こぶし》を握り締め、ずっと下を向いて聞いていた。チャーリーはやっとフェリクス王の言わんとしている事が分かったからだ。

町や村ならまだしも、ここは魔物がいる場所だ。自分の身は自分でどうにかするのが当たり前の世界だった。

まぁ実際には、ローレン補佐官にしろエギエディルス皇子にしろ、何かしら余分に持参している。莉奈に至っては、必要最低限どころか必要のないモノで、魔法鞄《マジックバッグ》は溢《あふ》れ返っている。

だが、フェリクス王が言わんとしている事を理解していた莉奈は、余計な口は挟まず大人しく黙っていた。

「分かった」

意地悪で言われているのではないと分かったチャーリーは、馬車に走り寄ると、荷をゴソゴソとあさり始めたのだった。


「〝助けてあげて〟とは言わねぇの？」

フェリクス王は、莉奈とエギエディルス皇子をチラッと見て言った。

真っ先に何か言いそうな二人が、ずっとダンマリだったからだ。

「自分は守られているのに？」

〝助けて〟と言うのは簡単だけど、実際彼らを助けるのは莉奈ではなくフェリクス王である。自分の身すら守れない莉奈に、そんな事を言う権利などない。

そう言ったら、フェリクス王に頭をクシャリと撫《な》でられた。

エギエディルス皇子も何か思うところがあるのか、フェリクス王に何か言う事もなく、ただチャーリーがいる馬車を見ていた。

しばらくすると――

「お金になりそうな物が……見つからない。ねぇ……ココにある物、何でもあげるから助けてよ」

涙で顔を濡《ぬ》らし、顔をぐしゃぐしゃにしたチャーリーが、目を擦りながら馬車の荷台から出て来た。

アレコレ探したみたものの、どこに何があるか何に価値があるか、幼いチャーリーには分からない様である。

「……あ、あんた」

話し声や荷物をガサゴソする音で目を覚ましたのか、長椅子で寝ていたダンがゆっくりと起き上がっていた。

「この指輪をやる。その代わりに、息子だけでも助けてやってくれないか？」

途中から、話を聞いていたのか、ダンは右手にしていたダイヤモンドの指輪を外すと、フェリクス王に手を伸ばした。

受け取った金の指輪には、小さなダイヤモンドが嵌《はま》っている。

純金かメッキか、ポーションと等価交換する価値があるのか、横から見ていた莉奈には分からなかった。

「リナ」

フェリクス王に目配せされ、莉奈は頷《うなず》いた。

対価として充分なのだろう。莉奈は手にしていたポーションを、ダンの足にゆっくりと掛けた。

ゲオルグ師団長にやたらと貰《もら》うポーションだが、何気に人に掛けるのは初めてで、莉奈はちょっと緊張しつつワクワクしたのは黙っておく。

「のわぁ！」

ダンも初めてだったらしく、傷の治っていく奇妙な感覚にのけ反っていた。

莉奈自身も経験があるが、正直なところ、気持ちのイイものではない。飲んだ方がこの感覚はあまりないらしい。

掛ける前に言えば良かったなと、莉奈は思うのであった。

「どうしますか？」

ローレンはこの旅のリーダーであるフェリクス王に、お伺いを立てた。

親子の境遇を悲観し、助けようと言うのは簡単だ。だが、いざ助けるとして、単身で親子連れを護衛なんて出来る訳がない。フェリクス王の助力は必要である。

アーシェスは莉奈同様、守られる立場なので、そう簡単に口出しは出来なかった。

「そうだな」

フェリクス王がどうするかなと、顎《あご》をひと撫でしたその時――


「とりあえず、お茶にしませんか？」

とあっけらかんとした莉奈の声が聞こえた。

「「「……」」」

何がとりあえずか分からない一同は、目が点である。

「疲れていては頭も働かないですし、ダンさん達もずっとここにいて疲れているでしょう？　一旦《いったん》落ち着くためにも、皆さんお茶にしましょう」

そう言って莉奈は手を軽く叩《たた》くと、魔法鞄《マジックバッグ》から低いテーブル一つ、長椅子をさらに三つ取り出し、サクサクとロの字に並べた。

そう、何もない道端にである。

「……お前」

莉奈の言動に一瞬呆《あき》れたものの、どういう状況下でお茶なのだと、フェリクス王はクツクツと笑っていた。

「何か食べますか？」

文句を言わずドカリと座ったフェリクス王に、温かい玄米茶を出しながら訊《き》いた。

「何があるんだよ？」

「フライドポテト、ポテトチップス、いももち」

「全部芋じゃねぇか」

莉奈が指折り口にすれば、フェリクス王からツッコミが入った。

もちろん甘味もある。だが、甘い物が嫌いなフェリクス王に合うオヤツはあまりない。

「からあげ、リナ、俺はからあげがイイ‼」

フェリクス王が座ったのなら、お茶の時間にするのだろう。

そう察したエギエディルス皇子は、莉奈と並んで下座に陣取ると元気良く言った。

「ハイハイ、からあげね」

本当にエギエディルス皇子は、からあげ大好きっ子である。

莉奈は皆の席の前に玄米茶を置くと、魔法鞄《マジックバッグ》をあさった。

「ダンさんも、チャーリー君も、空いてる所に座って下さい」

何が何だか分からないダン親子は、茫然《ぼうぜん》と突っ立っていたのだ。

「え？　え？」

「は、はぁ」

困惑したまま生返事をして、空いている長椅子にチャーリーと一緒にビクビクしながら座るダン。

魔物が襲って来るかもしれない場所なのに、ピクニックをするかの様に暢気《のんき》に座るフェリクス王達に、ダン親子はますます困惑するばかりだった。

「コレは何？」

こうなると乗っかるしかない。

アーシェスも休憩という事にして座ると、玄米茶の前に置いてあるポカポカのフキンを手にしていた。

「あぁ、おしぼりですよ？」

「「「おしぼり？」」」

「からあげを食べる前に、それで手を拭《ふ》いて下さい」

浄化魔法もあるけれど、やっぱり魔法よりしっくりくるし、魔力は極力使わない方がいいハズ。いざとなった時に魔力切れでは、死に直結する場所だからね。

「なんか、手がさっぱりしますね」

「それに気持ちがイイ」

並んで座ったローレンとアーシェスが、おしぼりの温かさにホッコリとしている。

フェリクス王も言われるがままに、熱めのおしぼりで手を拭いてみれば、不思議と気分が和らぐものだから、苦笑いしか出ない。

「顔を拭くとさらに気持ちがイイ」

そう言って顔を拭くエギエディルス皇子。

気持ちは分かるけど、エギエディルス皇子は皇子であってオッサンじゃないのだから、顔を拭くのだけはヤメて欲しい。そう思うのは莉奈だけだろうか？

「あ、からあげが、焼き鳥みたいになってる」

莉奈がそんな事を考えているとはつゆ知らず、テーブルに置いたからあげを見て、エギエディルス皇子は楽しそうな声を上げていた。

「なんか可愛いわね」

アーシェスは、串《くし》に刺してあるからあげを、面白そうに手にした。

そのからあげ串は、お皿ではなくマグカップに入っていた。それが斬新で面白かったのだ。

莉奈は食べ歩きが出来るようにと、エギエディルス皇子が大好きなからあげも、串で刺しておいたのである。

「色々と考えるな。お前は」

てっきり大皿で、ドカンと出てくるものだと想像していたフェリクス王は、マグカップに入ったからあげを見て、小さく笑っていた。

次から次へと、色々な料理や出し方を良く思い付くなと。それが、面白くて楽しい気分になるから不思議だった。

「ん～。やっぱりリナのからあげは最高よねぇ。家で作ると、何度やってもなんかベシャッとするのよね」

アーシェスは熱々のからあげを頬張り、嬉《うれ》しそうな表情をしていた。

二度揚げしようが何しようが、どうも上手くいかないとアーシェスは漏らしていた。

「ダンさん達も、どうぞ？」

自分の前に置かれたものの、食べてイイものなのか悩んでいるダン親子。

挙動不審な親子に莉奈は苦笑いしながら、お茶とからあげを勧めた。

「え、あ」

勧められたダン親子は、お伺いを立てる様に周りをキョロキョロ見てから、緊張した面持ちでからあげ串を手にした。

「「んんっ⁉︎」」

いただきますと、遠慮がちにダン親子は口にしたのだが、口にした途端に目を丸くさせていた。

カリッとしたからあげの衣、少し付いた鶏皮の香ばしさとパリパリした食感、そして何より……熱々でジューシーな鶏の旨味が、口いっぱいに広がっていくのだ。

噛《か》めば噛むほど、旨いエキスが口に溢れてくる。

「「美味しい‼︎」」

ダン親子は、鶏肉の旨さに感動していた。

「何コレ‼︎　お父さん、スゴく美味しいね！」

「あぁ、美味しくて涙が出そうだ。お茶も美味しいぞ？　チャーリー」

チャーリーは瞳《ひとみ》をキラキラさせながら、からあげを頬張っていた。

ダンはやっと心が落ち着いたのか、目に涙を溜《た》めながらゆっくりとからあげと、お茶を味わっていた。

実はダン親子。

この旅に出る前にからあげを食べて来ていた。

長旅になれば、保存食が中心となる。ならば、チャーリーの食べたい物を……と考えた時、ちょうど目に入ったのが王都発祥のからあげ店だったのである。

ダン親子は、最近流行り出したからあげが大好きだった。良く食べていたので、当然ながら味も覚えている。

だから、莉奈の出した〝からあげ〟の外見にまず首を傾げたし、口にしたらしたで食感のあまりの違いに、ものスゴい衝撃を受けたのだった。

だったが……あまりの美味しさに、すぐに口が綻《ほころ》んでいた。

今まで、美味しいと思って食べていたからあげは、一体なんだったのだろうか？　コレと比べるとまったく違う料理に見えてくる。

ブルガで食べたからあげは、周りの衣は剥《は》げていて、こんなに衣は香ばしくもなかったし、カリカリしていなかった。アッチは油がジュワリと染み出ていた気がするのに、コッチは噛むと鶏のエキスが口いっぱいに広がる。

同じ料理のハズなのに、こんなにも違うのかと、ダンは衝撃を受けたと同時に、頬や口元が弛《ゆる》むのを抑えられずにいた。

「チャーリー、美味しいだろ？」

「うん、カリッとしてジュワッとして、すっごくすっご〜く美味しい‼」

歓喜で震えているチャーリーを見て、エギエディルス皇子が笑っていた。

エギエディルス皇子も、莉奈に初めて作って貰った時には、あまりの美味しさにおかわりを乞《こ》うた程。不味い訳がないのだ。

「ねぇ、お父さん。この間、食べたからあげって〝からあげ〟なのかな？」

チャーリーも父同様に、来る前に口にした物がからあげなのかを疑っているみたいだった。

「分からない。からあげとして売っていたから、からあげだと思うが……比べるとまったく違うな」

「僕、コッチが本物だと思う」

「……」

美味しいから本物だと言うチャーリーに、ダンはどちらが正解か唸《うな》っていた。

美味しい方が正解とは限らないからだ。からあげも骨董《こっとう》品や絵画と同じで、美味しいから上手いから本物、と言い切れない事をダンは良く知っていたのだ。

「良かったらおかわりどうぞ？」

「わぁ！　ありがとう‼」

莉奈は嬉しそうに食べるチャーリーと、複雑な表情で食べているダンに追加のからあげを出した。

一大からあげブームの裏では、偽物も多く出回っているとか。

ブームに乗っかれとばかりに慌てて出店する人も多く、知ったかぶりで作っているのか、良く分からない揚げ鶏みたいな微妙な物まであるみたいだった。

美味しければそれでもイイとは思うけど、からあげを名乗るなら最低限の定義は守って欲しいところである。


「ところで、シュテームには何をしに？」

一息吐《つ》いたところで、ローレンが魔馬のいない馬車を見ながら訊《たず》ねた。

破れた幌《ほろ》をチラッと見れば、木箱や古い家具が何個か見える。

旅行というには荷物の量が多い。魔法鞄《マジックバッグ》持参ではない引越の場合は、大抵は邪魔になる家具は売るか置いて来るのがセオリーだ。

「……」

ローレンに聞かれたダンは、唇を噛む仕草を見せると黙ってしまった。

聞かれたらマズイというよりは、嫌な事でもあったかの様に見える。

「お母さんに追い出されたんだよ」

「な、チャーリー‼」

父ダンが黙っていたら、少し膨れっ面になったチャーリーが暴露した。

「お父さん、あんなに一生懸命だったのに‼」

誰かに聞いて欲しかったのか、チャーリーは堰《せき》を切ったように話し始めたのであった。

◇◇◇

チャーリーが話した事をザックリ要約すると――

ダンはとある骨董品屋の一人娘と恋に落ち、婿養子になったそうだ。だが、義父が趣味から始めた骨董品屋は全く繁盛しておらず、その日の生活がやっとだった。

このままではと考えていた時、妻がチャーリーを妊娠。子供の為にも生活をどうにかしなければと、ダンは一念発起。伝手を使って、店で空石《カラセキ》も扱うようになった様だ。

空石は冒険者だけでなく、一般市民にも重宝されている石。火の魔法を注げば暖房装置やコンロ代わりに、水の魔法を注げば水回りが一気に楽になる。両方を使えばこの世界のお風呂《ふろ》、蒸《む》し風呂《ぶろ》（ハマム）になるのだ。

ダンのその決断は功を奏したらしく、徐々に店は繁盛していったそうだ。

繁盛すると妻やその両親は一変。

真面目に働くダンを尻目《しりめ》に、贅沢三昧《ぜいたくざんまい》をするようになった。金は降って来る訳ではないと、いくらダンが苦言を呈したところで、婿養子の話など右から左だった。

息子の為にとずっと我慢していたが、チャーリーの世話さえも疎かになった妻を強く叱れば、逆に出て行けと追い出されてしまったそうだ。

繁盛店になった店に、口煩いダンはもういらないと考えたらしい。ダンはあっという間に離縁され、家を放り出されたのである。

チャーリーはそんな母を見限り、父ダンに付いて来た様だった。


「立て直したのに酷いわねぇ」

アーシェスはお茶を飲みながら改めて、ダンの悲運を嘆いていた。

儲《もう》かり始めたから、夫は用無しだなんて可哀想過ぎる。

「馬車から見える箱は？」

普通は旅の邪魔だから持参する事はない。余程な理由でもあるのかとアーシェスは思った。

「何も持たずに追い出されそうだったんで……さすがに、まぁその、法に訴える構えをとったんですよ。そしたら、店の物なら空石以外持って行ってイイと言うんで、慰謝料代わりに売れそうなモノを少しばかり」

「でも邪魔だし、ブルガ――ってそうか。ブルガで売れないから店が潰《つぶ》れかけてたんだっけ」

町を出る前に売り払って支度金に、とエギエディルス皇子は思ったが、売れないから店が潰れかけていた事を思い出した。

旅には邪魔だけど、他の町で運良くお金になれば、仕事を探すまでの生活費くらいになる。骨董品を持っている意味は、そういう理由だった様だ。

「でも、良く空石なんて仕入れられましたね？」

アーシェスがどこか探る様な視線を、ダンに送っていた。

空石は、宝石と同じくらいに価値のある鉱物で、山や海、川など様々な所で発掘されているが、そんな簡単に手に入らない代物だ。価値があるが故に宝石同様に偽物も多く、技能《スキル》や目利きが必要である。

しかも、ヴァルタール皇国では、大きな鉱山や採石場のほとんどは国が管理しているので、そこで採れた空石は、国が認定した店でしか卸せない。

国が管理していない場所や、稀《まれ》に鉱物系の魔物から獲れる空石もあるが、それを取り扱う店も大抵は専門店だ。

モグリで扱う者もいるが、ダンがモグリなら、こんなに堂々とは言わないだろう。

様々な魔法を付与された空石を〝魔石〟と呼び、その魔石も含め主に武器防具店が取り扱っている事が多く、骨董品屋で売られているケースはほとんどなかった。

「あぁ、ブルガは冒険者の町なんで、伝手があったんですよ」

久々の温かい食事に落ち着きを取り戻したのか、ダンは先程とは打って変わり態度が柔らかくなっていた。

「余程の伝手ですね」

「ギルドには？」

ローレンが空石を手に出来る伝手に感心し、アーシェスは空石が売買出来る環境から、ギルド所属なのかと訊《き》いた。

商人の全てがギルドに所属する義務はないため、しない人も多い。だが、入会するには厳しい審査があるだけあって、入っていると信頼性が高い。

高給与の仕事も斡旋《あっせん》してもらえるし、店を持っているなら、仕入れのルートの幅が広がる。オマケに、商人ギルドが低い利子率でお金も貸してくれるから、店も開きやすいのである。なので、商売をするつもりなら断然入っていた方がイイ。

「一応」

そう言ってダンは、ゴソゴソとショルダーバッグから、商人ギルドカードを出して見せた。

赤の他人に大事な身分証明書を見せたのだから、フェリクス王達を信用したのだろう。

莉奈の冒険者カードの右上には、剣と盾の刻印があったが、ダンの商人カードには確かに木箱と麻袋の刻印がある。

「銀《シルバー》だから……」

「Cランクだな」

莉奈が指折り数えていれば、エギエディルス皇子が先に答えてくれた。

Cランクがどのくらいスゴいのか、莉奈にはまったく分からない。空石を取り扱うには、ランクが必要かどうかも分からなかった。

「なら、店で空石を仕入れていたのはご主人が？」

「ですね」

「あら～。なら、ご主人を手放した奥様達、すぐに後悔するでしょうね」

アーシェスは苦笑いしていた。

アーシェスも武器屋で働いているからこそ、知っている事がある。

まったくの素人が空石なんて、まず仕入れられない。仮に、どうにかこうにか仕入れ先を見つけたとして、それが上質な空石か見極められなければ、質の悪い物や偽物を掴《つか》まされる可能性もある。

そして、買い付け交渉までいっても、果たして正規の値段で売ってもらえるのか……アーシェスは骨董品屋が潰れる未来しか視えなかった。

「あぁ、だから町を？」

今後、空石を仕入れられないとなれば、追い出したダンを再び利用しようと呼び戻すだろう。だから、寄生される前に逃げたのかなとローレンは思ったのだ。

「え？　あ、いえ、そこまでは……」

ダンは頭をポリポリと掻《か》きながら、笑っていた。

ダンは、別れた妻や家族に会うと気まずくなるのが嫌で、町を出ただけ。そこまで深く考えていなかった。

チャーリーが町に残りたいと言っていたなら、町で仕事を探していた事だろう。言われてみれば、町を出て正解だったのかもしれないなと、ダンはお茶を飲むのであった。

「身勝手な願いですが、近くの町まで同行を許してもらえないでしょうか？　もちろん、魔物に遭遇した時はあなた達の身を優先してもらって構わない」

ダンはシュテームに向かう事を諦《あきら》め、フェリクス王達が向かうゴルゼンギルまで同行を、と願って出た。

ここで会ったのも奇跡だ。無茶なお願いだが、この機会を逃せば次はない。そうダンは思ったのである。

「お願いします‼」

チャーリーも父同様に頭を下げた。

もう、こんな所で怖い思いをするのはイヤだったのだ。

ダン親子がそう願えば、莉奈達は一斉にフェリクス王を見た。

権限があるのは、このパーティを仕切る彼だけである。

「そ、そうだ。ゆ、指輪！　この指輪でどうか‼」

フェリクス王が何かを言う前に、ハッとした様に思い出したダン。

ゴソゴソとポケットから何かを取り出し、慌てた様子でフェリクス王の前に差し出した。

それは、先程貰《もら》った指輪と同じ……ように見えた。だが、先程の指輪とは型は一緒でも、何だか一回り小さい。

「「「……」」」

莉奈達は何とも言えない表情になってしまった。

だってそれは、ダンの奥さんの結婚指輪ではなかろうか。

ダンの性格からして返せとは言わなそうだから、別れる時に突き返されたのでは？　と思ってしまったのだ。

フェリクス王はそれを手に取ると、何故か一瞬だけ口端を上げた。

「魔馬を喰《く》うような魔物に遭遇した割に、ケガがそれだけの理由はコレか」

その指輪をピンと指で弾き、ローレンに向かって投げた。

見てみろという事だろう。

何故？　とローレンは思ったが、意味のない事などフェリクス王がする訳がない。何かあるのだと察し、指輪をなぞる様に触ってみると、そこから微量の魔法の残滓《ざんし》を感じ取った。

「……え、これってただの結婚指輪じゃなくて、魔導具」

「え？　ちょっと見せて」

魔導具と知り、興味が湧いたアーシェスはローレンから指輪を受け取った。

ダンが先に渡した指輪に嵌《は》めてあったのは、ただの小さなダイヤモンドだった。だが、こっちの指輪の石は一見、水晶みたいに見えるが、魔法が空になった空石であった。

「嘘。こっちの指輪はダイヤモンドじゃなくて、空石じゃない。しかも、かなり上質の……魔法を失ってもヒビ一つ入っていないなんて」

アーシェスは微細に見るために、わざわざ魔法鞄《マジックバッグ》から取り出したジュエリールーペで、角度を変えたりして真剣に見ていた。

空石に魔法を付与した物を主に〝魔石〟と呼び、日常生活に使ったり武器や防具など、多種多様に使用されている。

その魔石も何度かの使用により魔法が失われるのだが、元の空石に戻るのは上質な空石だけで、品質が悪いのはヒビが入ったり割れたりするのである。

これは小さいとはいえ、ヒビ一つ入っていないのだから、かなりの質の良さみたいだ。

「宝石商か何かで？」

ダンはアーシェスがジュエリールーペを取り出したので、驚いていた。

フェリクス王が只者《ただもの》でない事は分かっていた。

だが、同行しているローレンも魔導具だとすぐに判別していた。それに、アーシェスまでもがジュエリールーペを取り出して見るとは思わなかった。

ジュエリールーペとはその名の通り、宝石を鑑定するのに不可欠なルーペだ。空石を鑑定する時にも使用するのだが、一般人はまず持っていない。

それを持っているという事は、宝石か空石の鑑定士。アーシェスの風貌《ふうぼう》から、宝石関係の職業だとダンは思ったのだ。

「ただの武器職人よ」

「武器……職人」

アーシェスがそう返せば、ダンはますます驚愕《きょうがく》の表情をしていた。

アーシェスの華やかな見た目は、武器職人にはまったく見えなかったからだ。

「兄上」

シュテームは無理でもゴルゼンギルなら、目的地は同じだ。

こんな所に置き去りになんてしたくない。対価もあるのだから連れて行ってイイだろうと、エギエディルス皇子は兄フェリクスに強い視線を送った。

「エディ。この空石に付与されていた魔法を当ててみろ」

フェリクス王は、アーシェスから戻された指輪を、今度はエギエディルス皇子に指で弾いて渡した。

「出来たら一緒に、連れて行ってくれるのか!?」

「さてな」

真剣な眼差しを送る末弟に、フェリクス王は小さく笑っていた。

その返答にダン親子はソワソワしていたけど、その様子を見た莉奈は安心した。

置き去りにするとは思っていなかったけど、今のフェリクス王の表情でやっぱりと確信したからだ。

「土っぽいけど、微量過ぎて……難しい」

空石の残滓を読み取り系統は分かったが、何の魔法かまでは確定出来ず、エギエディルス皇子はブツブツと言っている。

「手助けすんなよ？」

それを見守っていた莉奈に、フェリクス王から注意が入った。

たまに、無意識のうちに【鑑定】をしていたのを知っていたらしい。莉奈の【鑑定】なら、何が付与されていたかなんて、一発で分かってしまう。

隠れてヒントを出そうと思っていたダンも、その声に慌てて口を噤《つぐ》んだ。

「土って事しかわっかんねぇ‼」

しばらく、一生懸命に指輪と対峙《たいじ》していたエギエディルス皇子は、疲れたのかグッタリしていた。

残滓を感じ取るのは、ものスゴく難しいみたいである。

「マック」

「え」

なら、今度はお前だと、フェリクス王はローレンを見た。

まさか、自分もやらされると思わなかったローレンは、フェリクス王を二度見した後、ゴクリと唾《つば》を飲み込んだ。

己の資質を試されている様だと、緊張感が増した。


「分からねぇの？」

五分くらい経過しても、指輪を握ったまま固まっているローレンに、フェリクス王は面白そうに笑っていた。

分からないと答えても、笑って流してくれそうな感じだが、ローレン的にはそれはイヤなのだろうなと莉奈は思った。

「つ、土の〝結界〟」

「あ？」

「け、結界魔法が付与されていたのかと‼」

自信なさそうにボソリと言ったのだが、フェリクス王に目を眇《すが》められ、ローレンは背筋を伸ばし改めて答えた。フェリクス王は数秒、黙ってローレンを見ていた。

「……時間は掛かったが正解だ」

やがてフェリクス王がそう言えば、ローレンの表情が途端に明るくなっていた。

良く分かったなと、褒められたみたいで嬉《うれ》しそうである。

「結界……そうか。だから足のケガぐらいで済んだのか」

ローレンに当てられ悔しいものの、謎が解けてエギエディルス皇子は納得していた。

冒険者に逃げられた後も、この結界魔法のおかげで、魔物から身を守る事が出来たのだろう。しかし、魔石の魔力を使い切っていたのだから、魔物にやられるのは時間の問題だった。

「あなた達、本当……」

魔導具だと分かったり魔法の残滓を感じ取ったり、常人ではなさそうな雰囲気で、「何者なんだ？」と訊《き》きたかったダンだったが……すぐに口を噤んだ。

余計な事を訊いて、助けてくれなくなるのは困る。なら、無理に訊く必要も、知る必要もない。

一時の探究心で訊かないのが賢明だ。

「……」

ダンがフェリクス王達に驚愕している中、莉奈はさらに複雑な表情をしていた。

だって、〝結界〟魔法だ。

ダンは奥さんの身を案じてダイヤモンドではなく、結界魔法を付与した魔石付きの結婚指輪にしたのだろう。なのに、その気持ちも含め、無下に突き返されたのだから、何も言えない。

「フェル兄？」

兄王はその指輪をローレンから受け取ると、テーブルに置き軽く手を押し付ける仕草を見せたのだ。

その行動に、エギエディルス皇子は思わず声を掛け、莉奈達もフェリクス王に目を向けた。

指輪を押し付け何をするのだろうと、莉奈達がその手元に釘付《くぎづ》けとなった時――


――ポォ。


フェリクス王の押し付けた手の平が、オレンジ色に輝いたのだ。

しかし、それも一瞬の事。小さなランプ程に輝いた光は、瞬く間に消えたのであった。

「「「……」」」

「まぁ、こんなものか」

皆が唖然《あぜん》としていれば、指輪を手にしたフェリクス王が、空石の部分をなぞる様に触って呟《つぶや》いていた。

「え??」

バチリとフェリクス王と目が合ったチャーリーは、反射的にビクリと身体が跳ねた。

だが、何故、見られたのか疑問に感じる間もなく、さらに身体が跳ね上がる事になった。

フェリクス王は「チャーリー」と名を呼ぶや否や、その指輪を彼に向かって弾き飛ばしたのである。

「うわ、わ、わぁっ!?」

弧を描くように飛んで来る指輪。

チャーリーは慌てて椅子から身を浮かせ、それを両手で受け取ろうと手を伸ばしていた。

突然の事で上手く取れず、何度か手の平で指輪が踊っていたが、なんとか落とさずに受け取れた様だった。

「何をしたの？」

指輪に何をしたのか見えなかったのか、アーシェスがいち早く訊いていた。

「な、コレは‼」

だが、アーシェスの疑問に対する答えは、チャーリーの隣で見ていたダンの息を飲む声で遮られた。

チャーリーの手元を、身を乗り出すように見ていたダンが、誰よりも先に気付いたのである。

「……」

コレは、の後にダンは驚愕したまま固まっていた。

莉奈には手元が見えない為、フェリクス王が指輪に何をしたのか分からない。

気になって仕方がなかったアーシェスは、身を乗り出す様にチャーリーの手元を見た途端に、目を見張っていた。

「うっそぉ。魔法を付与したの⁉」

透明だった空石が、宝石のインペリアルトパーズみたいな綺麗《きれい》なオレンジ色に変化していた。

フェリクス王はどうやら、空石に戻った石に再び魔法を注ぎ、魔石に戻した様だった。

「空石なんて魔力が入ってなければ、ただのゴミだろ？」

「ゴミじゃないわよ」

フェリクス王の言葉に、アーシェスが唖然としながらも、ツッコミを入れていた。

宝石と同等の価値があるのが、空石だ。しかも、魔力を注げば、魔石となる石。ゴミな訳がない。

なのに、それを興味なさげにゴミと言い放つフェリクス王に、皆は再び唖然である。

「だけど、まぁ。いとも簡単に〝空石〟を〝魔石〟にしてくれちゃって」

「それ、ひょっとして結界っすか？　……うっわ、しかも複合とか……すげぇ」

空石に魔力を注ぐ事は、容易ではない。

アーシェスが感嘆する横で、同じく指輪を覗《のぞ》き込んでいたローレンが、フェリクス王の凄《すご》さに素に戻っていた。

大抵、空石に魔力を注ぐと火は赤、水は青、土は黄、風は水色となる。普通の結界魔法なら、土の魔法で構築する。だから、黄色に変化するハズ。

しかし、フェリクス王が魔石にした空石の色は、土魔法の黄色ではなく〝オレンジ〟。

その色が意味するのは、〝土〟と何かの〝複合〟だという事。

複合魔法は使うのも難しいが、それを空石に付与するのはさらに難しく、こんなに綺麗な魔石にならない。透明度が高ければ高いほど魔石は上質だと言われている。

フェリクス王が魔力を付与した魔石は、宝石と間違えそうなくらいに輝いていた。

その魔石は、色から察するに〝土〟と〝火〟だろうとローレンは思ったのだった。

「お兄ちゃん……スゴい人だったんだ」

「有限だから、上手く使え」

そうフェリクス王が忠告していたが、瞳《ひとみ》をキラキラさせていたチャーリーの耳に入っているかどうかは謎である。

隣にいるダンはダンで、指輪を見たまま微動だにしていなかった。

空石を魔石にするのは難しい事を良く知っている。なのに、簡単にやってのけたフェリクス王の凄さと、付与される瞬間を初めて見た衝撃、色んな感情がいっぺんに湧き混乱状態だったのだ。

「それなら、竜に踏まれても耐えられる」

「「マジか」」

フェリクス王がサラッと言えば、莉奈とローレンの驚愕の声が重なった。

竜を知る二人だからこそ、踏まれた時の衝撃は想像出来た。アレを防げるなんて鬼に金棒ではないか。

「あ、じゃあ。コレにも付与をお願いします!!」

莉奈は素早くフェリクス王のもとにススっと寄り、以前フェリクス王に貰《もら》った空石を魔法鞄《マジックバッグ》から取り出し、頭を下げて両手で差し出した。

ガサツな竜達といると、命がいくつあっても全然足りない。

この世に未練はないが、凄絶な死に方だけはしたくないなと、莉奈は思い始めたのだ。

「「「……」」」

莉奈が何故、そんな上質な空石や魔法鞄《マジックバッグ》を持っているのか、ダンはめちゃくちゃ気になったが、もう考える事を止めた。

チャーリーは結界魔法が付与された指輪を見ながら、まだ瞳をキラキラさせていた。

エギエディルス皇子は、莉奈の貪欲《どんよく》さに唖然となり、アーシェスとローレンからは苦笑いが漏れていた。


——そして。

下げた莉奈の頭には、フェリクス王の手刀が一つ、落ちてきたのであった。

◇◇◇

「さて、お茶会はお開きだ」

フェリクス王が茶化す様に席を立てば、莉奈達もイスから腰を上げた。

「連れて行くんだよな？」

莉奈がイスやテーブルを片付けている中、エギエディルス皇子が兄王に確認していた。

「置いて行く理由がないからな」

「「ありがとうございます‼」」

フェリクス王が面倒くさそうにそう言えば、ダン親子は食い気味に頭を下げていた。

エギエディルス皇子がその言葉にホッとしたのも束の間、兄王の右手が徐《おもむろ》にポンと頭にのった。

「エディ」

「何？」

「こういう場所では、己の許容範囲《キャパシティ》を考えて助けろ。許容範囲を超えれば共倒れになる」

人が人を助けるには限界がある。

己の力を過信して助けに入れば、自身の身を危険に晒《さら》すだけでなく、周りにも危険が降りかかるかもしれないのだ。

同情心から、がむしゃらに助けるのではなく、冷静に判断しろ……そうフェリクス王は教えていたのであった。

「……分かった」

幼いエギエディルス皇子でも、兄王の言葉はなんとなく理解出来たのか、小さく頷《うなず》いていた。

自分が危険になれば、結果兄フェリクスが助ける事になる。

それで、兄王に何かあるとは思えないが、あってからでは遅いのだ。

自分がどの立場にいるか、良く考えて行動しなければいけないのだと、改めて思ったエギエディルス皇子だった。

「荷物はどうします？」

車輪が壊れて傾いた馬車を見ながら、ローレンが訊いた。

もちろん、置いて行く選択肢もあるが、ローレンはそういうつもりで訊いた訳ではない。皆が魔法鞄《マジックバッグ》を持参しているから、誰が入れて行くのかという相談だ。

「エディ」

フェリクス王がエギエディルス皇子を呼べば、エギエディルス皇子は了解とばかりに、荷物を馬車ごと魔法鞄《マジックバッグ》にスッポリと収納していた。

「「……」」

その様子を見ていたダン親子は、口をアングリと開けていた。

魔法鞄《マジックバッグ》の存在自体が珍しいのに、その容量の大きさに目も丸くする。荷物を数点ほどお願いして持って行ってもらえたらラッキーだと思っていたのに、まさかの馬車ごと。

ダン親子はもう驚く事はないと思っていたのに、まだまだ驚く事ばかりであった。

「ここからゴルゼンギルってすぐですか？」

ここに来るまでも、獣道みたいなものとはいえ、道らしき姿が地面に見えてきていた。

だから、莉奈はもう近いのかなと、フェリクス王に訊《き》いてみた。

「迂回《うかい》したから、まぁ後、二時間くらいか」

「二時間」

「「……」」

莉奈が頷く一方、アーシェスとローレンは顔を見合わせていた。

魔物に遭遇し、戦い、道を逸れたり休憩を挟んだりを想定し、あの聖木から一日近く掛けてやっと着くのが、国境の町ゴルゼンギルなのだ。

フェリクス王は論外なので、一人なら本当に三時間で着くだろうが、常人は普通に時間が掛かる。なので、二人はフェリクス王の言った時間などアテにはせず、最低一日は想定していた。なのに、その半分の時間すら経たずに、ゴルゼンギルがもうそこまでになっていた。それがどうにもオカシイ。

この魔物が蔓延《はびこ》るハズの場所でも、フェリクス王といるとただの散策かウォーキングかと勘違いするくらいに何も起きないのだ。

ここからとて普通なら、フェリクス王の言った倍の時間は掛かる事だろう。しかし、これまでの道のりを思い出す限り、彼の言う二時間も全然ありえる。

どうなっているのか、アーシェスとローレンにはサッパリ分からなかった。

「木の上からなら、そろそろゴルゼンギルの時計塔くらいは、見えるんじゃねぇか？」

森や林で視界を遮るものは、同じ高さの木ぐらいだ。

天辺に登れば、木より高いギルドの時計塔なら、僅《わず》かに見える可能性はある。フェリクス王が顎《あご》をひと撫《な》でしながら、そう言えば――

「本当⁉」

すっかりフェリクス王に懐いたチャーリーが、側で瞳をキラキラさせていた。

その屈託のない笑顔にフェリクス王は微苦笑すると、近くにいたエギエディルス皇子を左腕に、チャーリーを右腕にヒョイっと軽々抱えた。

「「え？」」

何だ？　と首を傾げまくる二人をチラッと見るや否や、フェリクス王は地をトンと蹴《け》ったのである。

「うっわ！」

「わ、わぁっ⁉」

エギエディルス皇子もチャーリーも、突然の浮遊感に声を上げていた。

それを見たダンは、顎が外れるんじゃないかってくらいに、アングリと口を開けていた。

「な」

息子達を抱えて何をするのかと見ていれば、自分より遥《はる》かに高い所に跳んでいたのだ。

常人は子供二人を両腕に乗せて、跳ぶなんて事は出来ない。それも、ただのジャンプではなく木の上にである。フェリクス王は、どういう身体能力を持っているのだろうか。

目を丸くさせているダンや、呆気《あっけ》に取られている莉奈達をよそに、フェリクス王達はあっという間に、数十メートルはある木の天辺にいたのであった。

「「わぁぁ〜っ！」」

いきなりの出来事に驚きを見せていたチャーリーだったが、目の前に広がる壮大な景色にすぐ心を奪われ、瞳を輝かせていた。

竜から見た景色とはまったく違う視点に、エギエディルス皇子も心が躍っていた。

同じ森でも、上からと下からでは見える景色が違う。

どちらも辺り一面、木だらけではあるが、上から見ると左側には微かに山々が、真正面には森の間から僅かに建築物が見えていた。

「お兄ちゃん、アレが時計塔？」

「そうだ」

チャーリーが指を差した先に、薄らボンヤリと背の高い塔みたいなモノが見えたのだ。

目を細めてやっと豆粒くらいに見える程度だが、建物が見えればそこに町があるのだろうと推測出来た。

道に迷い怯《おび》える夜を過ごしていたが、近くに町があったのだと、チャーリーは思うのだった。

「見えるけど二時間は掛かるんだよな？」

「掛かるな」

「うっわ、近そうに見えても、まだ二時間も掛かるのかよ」

「鍛錬だと思え」

竜なら十分くらいで着くのにとボヤく末弟に、フェリクス王は笑っていた。

道のりはずっと直線な訳がない。魔物や障害物を避ける様に迂回して歩けば、そのくらいはゆうに掛かる。見えても先は長いのが、世の常である。


——バサバサバサ。

下で待っている莉奈達は放って、しばし景色を堪能していれば、ここから大分離れた場所で木が揺れているのが見えた。だが、風ではないのか、揺れていたのは一画の木だけ。

「フェル兄」

「魔物がいるんだろ」

エギエディルス皇子が目を向ければ、フェリクス王は興味なさそうに言っていた。

「魔物」

チャーリーは一瞬、怯えた表情を見せ、フェリクス王の肩を強く握った。

魔物に遭遇して、こういう目に遭ったのだ。怯えて当然である。

「さっき〝御護り〟があれば、怖くないだろう？」

「指輪《おまもり》」

フェリクス王に言われ、チャーリーは手に持っていた指輪を見た。

無色透明だった空石が、今は光を帯びてオレンジ色に光っている。それを手にしていると、チャーリーはなんだか勇気が湧くのだった。

「色が薄くなったら、注意しろ」

「うん」

何度も使えるといっても、永遠に使える訳ではない。何回か使えば、徐々に色が薄まり使えなくなるのだ。

なのに、加護がいつまでもあると過信して、いざとなった時に発動しなければ終わりである。命に関わる事なので、フェリクス王はもう一度忠告したのだった。

◇◇◇

「「んわぁぁ〜っ‼」」

上に上がる浮遊感より、下に降りた時の内臓がゾワリとする感じが、どうにも気持ち悪いみたいで、フェリクス王の腕に抱えられていたエギエディルス皇子とチャーリーは、仲良く叫んで降りて来た。

「お腹がブワッとした！　ブワッと‼」

降りて来れば降りて来たで、それさえも楽しかったのか、チャーリーは興奮したように身振り手振りで言っていた。

遊園地にあるフリーフォールみたいで、楽しかったのかもしれない。

フェリクス王はそんなチャーリーの頭を、クシャクシャと優しく撫でていた。

エギエディルス皇子と同じ様な年だから、可愛いのだろう。

「あの……指輪を貰《もら》ってもイイんですか？」

そんな息子をチラッと見た後、ダンはものスゴく恐縮そうに訊《たず》ねた。

指輪は言わば依頼料みたいな物である。なのに、ただ返されるだけでなく、それに魔法まで付与されては申し訳なかったのだ。

「構わねぇよ」

「でも、魔法まで付与していただいて……」

「空石なんて、魔力ありきの石だろ」

「で、ですが……」

タダで魔法を付与して貰っただけでなく、近くの町まで無償で、しかも全ての荷物まで運んで貰えるだなんて、ありがた過ぎてダンは身体が震えた。

「売れば――」

「えぇっ、売らないよ⁉　だって僕の御護りだもん！」

イイお金になりそうだなと、ローレンが呟《つぶや》けば、チャーリーがビックリしていた。

これからダンとチャーリー、親子二人の生活が始まるが、まだ住む場所も働く場所も決まってない。

骨董品《こっとう》がすぐ売れるとは限らないし、これから色々と入り用だろうというフェリクス王なりの配慮なのではと、ローレンは思ったのだ。だから、つい高く売れそうだと口から漏れたのだが、チャーリーは手放す気はない様だ。

「す、すみません」

渡さないぞとばかりに指輪を隠すチャーリーに、ダンは汗を拭《ぬぐ》っていた。

「チャーリー、親父を守る為にも使えよ？」

「うん‼」

大事にするのはイイが、肝心なところで使用しないのでは意味がない。

売らないのであれば自分だけではなく、父もそれで守れとエギエディルス皇子が伝えていた。

「結局、甘いのよねぇ」

フェリクス王の後ろを歩いていたアーシェスが、ため息を吐《つ》いていた。

魔法を使える人が少ない上に、空石に魔法を付与するのには技術がいる。その為、付与師は貴重で高給。

空石や、それに魔力を注ぐ付与師に金がかかる。故に、魔石は高額で取引きされている。

要するに、その魔石は高額で売却出来る……という訳である。

チャーリーは売る気はなさそうだが、それを売れば、しばらく働かなくても済むのだ。

「足は大丈夫ですか？」

「え、あぁ、掛けて貰ったポーションのおかげで……」

歩き始めた頃、莉奈はダンの足が気になり訊いてみた。

莉奈の持っているポーションのほとんどは、一番下の低級である。ダンの怪我にしっかりと効いたのか、確認しておきたかったのだ。

痛がる素振りもなく歩いているので、本当に大丈夫そうである。

しかし、そんな父など気にもならないのか、息子のチャーリーはフェリクス王にベッタリである。

お兄ちゃんお兄ちゃんと、先頭を歩くフェリクス王の隣で楽しそうにしていた。

「お兄ちゃん取られちゃったね？」

なんだかちょっぴり不満顔なエギエディルス皇子に、莉奈は苦笑いしていた。

「取られてねぇし」

拗《す》ねているエギエディルス皇子が可愛い。

そう言ってそっぽを向いたエギエディルス皇子に、莉奈とアーシェスが温かい目を向けていたのであった。

ダン親子と共に、ゴルゼンギルに向かって歩き始めたが、やっぱり魔物の姿が全然ない。それが平穏で良い事だと分かっていても、莉奈はついキョロキョロと魔物を探してしまう。動物園に行って動物を見ないのと、似たような感覚になっていた。

時折、何かの鳴き声は聞こえるが、それが何か分からない。初めこそ、葉がギザギザだったり、花が異様に大きかったり、花屋でも見た事のない草花も見かけ楽しんでいたが、さすがに何時間もは飽きてくる。

魔物のいる森ではなく、もはや植物園を歩いている状態だった。

莉奈は魔物が見たい。

あんな植物か魔物かよく分からない魔物ではなく、ハッキリと魔物だと分かるモノ。フェリクス王がいるおかげか、恐怖より好奇心の方がドンドン増していた。

そんな莉奈が見上げたり、草むらを見たりしていると、草陰にチラッと何かが動いているのが見えた。

プヨプヨしているあの姿は、スライムである。しかも黒。

「黒糖」

「あ？」

思わず呟いた莉奈の声を聞き、エギエディルス皇子は莉奈の視線の先を追った。

危険な魔物でもいたのかと一瞬、警戒して見れば、草陰で黒スライムがぴょんぴょん跳ねていた。

「……」

そのスライムを見て瞳《ひとみ》をキラキラさせている莉奈に、エギエディルス皇子はドン引きである。

コイツ、絶対に倒して食う気でいると。

「お姉ちゃん、何見てるの？」

フェリクス王と先頭を歩いていたチャーリーが、立ち止まっている莉奈に気付き小走りに寄って来た。

「あ、スライムだ」

幼い子供なら弱小魔物であるスライムでも脅威だが、フェリクス王が側にいれば莉奈と同じく怖くないのか、チャーリーも楽しそうだ。

「行って来い」

倒して来てイイですか？　とお伺いを立てる様な莉奈の表情に、フェリクス王は苦笑いし許可を出していた。

ではと言うが早いか、莉奈は黒スライムに突進して行ったのである。

「え、リナ？」

スライム事情をまったく知らないアーシェスは、莉奈が何故スライムに突撃して行ったのか分か

らない。

「突然、スライムなんか追っ掛けてどうしたの？」

「食うんだよ」

「え？」

「食うんだよ」

エギエディルス皇子がザックリと説明すれば、アーシェスは耳がおかしくなったのかと何度も確認していた。

「食べ……え？」

「食うんだよ。アイツ」

「「えぇエエーーッ⁉」」

エギエディルス皇子の何度目かの返答に、やっと理解したアーシェスと、隣で聞いていたチャーリーが驚愕《きょうがく》の表情で叫び声を上げた。

静かな森には、その声に驚いた鳥達の羽音がバサバサと聞こえていた。

「あのお姉ちゃん、アレ食べるのーーっ⁉」

だってスライムだよと、チャーリーは莉奈の消えた草むらを目を丸くさせて見ていた。

「ちょ、スライムって食べられるの⁉」

フェリクス王に訊《き》いたアーシェスだったが、フェリクス王は微苦笑するだけだった。

「「「……」」」

アーシェスやダン親子が唖然《あぜん》としていれば、そんな遠くない場所で、ボカスカと何か鈍い音がしていた。

時々、激しく打ちつけられる様な音もするが、誰一人として動かなかった。何故なら、莉奈に何かあったと思う者はココにはいないからである。

「あれで〝冒険者〟じゃねぇっていうなら、何が冒険者なんだよ」

エギエディルス皇子はもう、苦笑いすら出なかった。

冒険者ではないと莉奈は言うが……では、魔物に戦いを挑むお前は何なのか？


――皆が耳を澄ませて待つ事、十数分。


「お待たせしました～」

皆が待ちくたびれた頃、暢気《のんき》な声を出した莉奈が戻って来た。

魔法鞄《マジックバッグ》を持っているので手ぶらであるが、その様子から狩り獲って来たのだろうと予想出来た。

「何匹倒したんだよ」

「お姉ちゃん、本当にスライム食べるの⁇」

「スライム食べるって聞いたけど⁉」

「リナ、スゴい音がしてたけど、スライムと戦ってただけか？」

無事だと分かれば、今度はエギエディルス皇子を筆頭に質問攻めなのであった。


「はい」

「「「え？」」」

「黒スライム入りミルクティー」

「「「……」」」


論より証拠であるとばかりに、莉奈はアーシェスにミルクティーの入っているグラスを手渡した。

そのグラスには、ストロー代わりのルバーバルの塩漬けが挿してあり、底には黒い物体がゴロゴロと。そう、タピオカ風の黒スライムである。

初めて見たアーシェスやダン親子は、グラスを見たまま固まっていた。


「えっと？」

「甘くて美味しいですよ？」

「「スライムが⁉︎」」


アーシェスとダンは、目を見張り仲良くツッコミを入れていた。

スライムが美味しいだなんて、想像すら出来ないし理解不能である。


「僕、飲んでみたい‼︎」

「「「……っ⁉︎」」」

父やアーシェスがドン引きしている中、元気よく手を上げたのはチャーリーだ。

怖いモノ知らずなのか、ただの好奇心か分からないが、グラスに入っている物体がスライムだと知った上で、飲みたいと言っていたのである。

まさかの言葉に、一同騒然だ。最終的には、一向に口を付けないアーシェスから、グラスを受け取っていた。

「チャ、チャーリー？　からあげじゃなくてスライムなんだぞ⁉」

「うん！」

「うんって……」

チャーリーはスライムだと知っても気にしてなさそうだが、父ダンは違う。青褪《ざ》めてたり、頭を抱えたりで大忙しだ。

「リ、リナさんでしたよね？」

「美味しいですよ？」

ダンが何を訊きたいか分かっている莉奈は、答えだとばかりに、自分の分の黒糖タピオカ風ミルクティーを飲んで見せた。

安全性についてアレコレ言うより、口にして見せた方が一番イイからである。

——モグモグモグ。

この独特な風味とモチッとした食感、やっぱり堪らないよね。

「あ、ぁ、口の中にスライムが……」

俄《にわ》かに信じ難い出来事だ。莉奈が目の前で食べたことが、スライムの安全性うんぬんより衝撃的過ぎて、ダンはクラリと目眩《めまい》がした。

そして、今さらながらにハッとする。

先程貰《もら》って食べたからあげは、何の肉だったのだと。

美味しかったが、アレは鶏肉だったのか？

色々と気になり始めたダンの横で、スポスポと小気味良い音を上げている息子の姿があった。

「おぅ」

自分が胃を押さえて考えている隙に、チャーリーはすでにスライムを食べていた。

良く考えてからとか色々と言いたい事はあったが、もはや遅し。息子の口の中には、スライムが吸い込まれていく。ダンは変な言葉が出るだけで、見守る事しか出来なかったのであった。

「んんっ⁉」

「だ、大丈夫か⁉　我々は魔物じゃないんだ。スライムなんか食べる必要はないんだぞ⁉」

目を丸くしているチャーリーを見て、ダンは吐き出せと肩を揺すっていた。

だが、チャーリーは吐き出したりせず、モグモグと咀嚼《そしやく》する状態がしばらく続いた。

「面白〜い‼　モチモチしてるし、甘くて美味しい‼」

「何言ってるんだ？　チャーリー。それはスライムなんだぞ⁉」

「知ってるよ？　スライムがツルルンモチモチ」

「ツル……な、何言ってるんだ⁉」

「お父さん、スライム美味しいよ‼」

「スライムが美味しいって何だ⁉」

そう言って満面の笑みを浮かべる息子に、ダンは頬が引き攣る。

何を言ってるんだ。あの奇妙な生き物だぞ？　それはスライムなんだぞ⁉

ダンは唸《うな》るばかりである。

「ちょっと食べてみようかな」

チャーリーが食べた事により、自分の中のハードルが低くなったローレンは、莉奈から黒糖タピオカ風ミルクティーを貰っていた。

「マジか」

それを見たエギエディルス皇子は、目を見張っていた。

お前、スライムだぞ？　と念を押している。

「このルバーバルで吸えば……っんふ！」

エギエディルス皇子が唖然としている横で、ローレンは黒糖タピオカ風ミルクティーに口を付けていた。

ストロー擬きで何かを飲むのも初めてなら、黒スライムを食べるのも初めて。

そんなローレンが、恐る恐るルバーバルの塩漬けでミルクティーを吸えば、ミルクティーに交じり黒スライムが、スポッと口の中に勢いよく入ってきた。

その奇妙な感覚に一瞬ビックリしたものの、すぐにローレンはモグモグと噛《か》んでみた。

モチモチとした食感と、ただ甘いだけでない不思議な風味が鼻に抜けていく。

だが、この風味も食感も何故か嫌いじゃない。

「面白い」

ローレンが再び啜《すす》れば、今度は何個かいっぺんに口に入ってきた。

一個で味わうより複数個の方が、食感が面白いし楽しい。

「あはは、スライムが美味しいって何だ」

「美味しいし、楽しいミルクティーだよね？　お兄ちゃん」

「だね」

「口の中でスライムが踊ってるみたい」

あのスライムが美味しいだなんて、もう笑うしかないローレンと、面白くて美味しいスライムに夢中のチャーリーが、仲良く食べていた。

フェリクス王が無表情無言でスタスタと先を歩いていってしまう中、アーシェスとエギエディルス皇子はさらにドン引きしていた。

「お父さんも食べてみなよ！」

満面の笑みの息子に「はい」とグラスを手渡されたが、ダンはグラスを凝視したまま動かなかった。いや、動けなかった。

黒スライムがミルクティーという海で、気持ち良さそうにプカプカと泳いでいる。見た事もない光景が、そこにあった。

「スライムなんか食べる機会ないんだよ？」

「いや、別に……そんな機会なんていらないし」

「二度と食べられないかもしれないんだよ⁉」

「……うん、それはそれで別にいいから」

「えぇーーっ！」

食べてみなよと強く熱弁し勧める息子に、ダンは頬を引き攣らせながら器用に笑っていた。

二度とないと言われたとしても、スライムは食べなくても全然後悔はない。

ダンはチャーリーに押し付けられたグラスをやんわりと返しながら、奇妙なパーティに助けられたなと思うのであった。

こうして一同は、特に魔物に襲われることもなく、平和にゴルゼンギルへと向かっていく。国境の町はすぐそこまで迫っていた。

# 書き下ろし番外編1　怨念《おんねん》？

莉奈《りな》がいる碧月宮《へきげつきゅう》には、ラナ女官長や侍女モニカを含めた侍女数名も一緒に住んでいる。

莉奈の世話をするためでもあるが、彼女に何かあった時のためにいるのだ。

その碧月宮が今、またとない恐怖に慄いていた。

誰もが寝静まった夜更けに、不気味な音が響いていたのだ。


——ゴリゴリ……ゴリゴリ。


「モニカ起きて！」

いち早くその音に気付いたラナ女官長は、隣の部屋で寝ている侍女モニカを起こしていた。

ラナは女官長のため一人部屋。故に、すぐ相談出来る相手がいない。そのため、仲がいいモニカの元へ行ったのだ。だが、口をムニュムニュするだけで一向に起きず、ラナ女官長はモニカの枕を引き抜くという強引な手を使った。

「んぎゃ！」

一気に目が覚めたモニカが、何を⁉ と苦情を言うのも待たずに、ラナ女官長は不気味な音の説明をした。

――ゴリ……ゴリゴリ。

「「……」」

人がいない夜更けだけに、不気味な音は碧月宮に響き渡っていた。

「な、何この音？」

「それが分からないから来たんでしょう？」

「寝ていたんだから……そっとしておいてくれれば！」

「私一人で震えていろと？」

気付かず朝を迎えることが出来たのにと、文句を言うモニカ。

一人では耐えられないと、反論するラナ女官長。

しばらく不毛な言い争いは続いたが……音は止まず。無言となっていた。

「マーゴット王妃の薬師《くすし》、マーヤの怨念」

「「ひっ‼」」

いつの間にか部屋に入って来ていた侍女サリーが、目の前にいてそう呟《つぶや》いたのだ。

マーヤとは……その昔、この碧月宮に住んでいた側妃マーゴットの従妹で、専属の薬師だった人。

マーゴット妃が毒殺された時に何も出来ず、後悔しながら後を追ったと言われている。

そのせいか、ここで何か不可思議な事が起きると、すぐマーヤの怨念がと未だに言われるのだ。

「迷信でしょう⁉」

何でもかんでも、その数百年前に亡くなったマーヤのせいにするのはいかがかと、ラナ女官長は自分にも言い聞かせる様に言った。だが、頭の中は不安でいっぱいだ。

「でもこの音、薬を作る時の〝薬研〟の音に似てない？」

「え？」

「マーゴット妃を治す薬を夜な夜な作ってい……る？」

「……」

二人を脅かすつもりで言ったサリーも、言い得て妙だと思ったのか、押し黙ってしまった。

そんな風にサリーに押し黙られれば、冗談だったとしても急に信憑性《しんぴょうせい》が増す。

そして、三人が黙れば途端に静けさが戻り、いよいよその音だけが耳に響く。

本来なら、警備兵に伝えるか、音の原因を突き止めなければいけない。

しかし、三人の頭にはもはやサリーの言った〝怨念〟がこびりついて離れず、冷静な判断を失っていた。

――ゴリゴリ……ゴリ。

「「「いやぁぁぁーーーーっ‼」」」

その夜、碧月宮にはラナ女官長達の怯《おび》える姿が、あったのであった。

# 書き下ろし番外編2　エギエディルス皇子と小竜

「ウクスナに行くから、エギエディルスも準備しておけ」

そう兄王に言われたエギエディルス皇子は、思わず口元が緩んでしまった。

慌てて気を引き締めてみたものの、内心はお祭り騒ぎである。

兄王と外出といえば、最近は修練の一択。しかも、いつも地獄の様な修練に、帰る頃はヘロヘロで記憶がない。

それが、今回は公務。しかも、莉奈《りな》を連れて行くというのだから、旅行みたいだなと今からワクワクする。


――その日の夜。

エギエディルス皇子は、はやる気持を抑えられず、自室で持って行く物や装備品の確認をしていた。

『なにしてるの？』

そんなエギエディルス皇子に声を掛けたのは、番《つがい》である薄紫色の小竜である。

いつの間にかバルコニーに降りていたのか、窓の外からこちらの様子を窺っていた。

「公務があるから、その準備」

『こうむ？』

「そう、公務」

番に言ったところで理解するかは不明だが、一応説明すると――

『おいしいの？』と首を傾げていた。

「食いもんじゃねぇ」

やっぱり分かってないと、エギエディルス皇子は落胆した。

育ち盛りとはいえ、何でも食い物に発想を飛ばすのはどこか莉奈に似ている。

「仕事だよ」

『たべるのが？』

「……食うことから一旦《いったん》離れてくれ」

莉奈じゃないんだから……という言葉をエギエディルス皇子は飲み込んだ。

番にそれはどういう事かツッコまれても困るし、万が一にも莉奈に直接訊《き》かれたら最悪だ。

エギエディルス皇子は一旦、準備の手を止めてバルコニーに向かった。

そんなエギエディルス皇子にお構いなしに、小竜は自分の脇腹を口先でホジホジと……。

「……？」

痒《かゆ》いのか？　とエギエディルス皇子は思ったが、まったく違った。

竜は、ほぼ全身を鱗《うろこ》で覆われて分からないが、鱗の下には人間でいうところの皮膚の様な硬い皮がある。

そこに、物をしまえるポケットの様な皮の弛《たる》みがあると、次兄シュゼルが言っていた記憶がある。

『オヤツもってく？』

そう言って小竜は、脇腹の鱗の隙間からニョロンと何かを取り出したのだ。

「……いらねえ」

エギエディルス皇子は即答した。

『え？』

「いらねぇ」

断られると思っていなかった小竜はキョトン顔だが、いる訳がない。

何故なら、その白いそれは〝ミルクワーム〟といって、竜が好む巨大な幼虫であり、人の食べる物ではないからだ。

莉奈ならまだしも、自分は食べるつもりはない（莉奈も食べるとは言っていない）。

そんなモノを脇腹にしまっている小竜に驚きを隠せなかったが、それよりも気になるのは……そのミルクワームがニョロニョロと、エギエディルス皇子の目の前で動いている事。

『あまくておいしいよ？』

「味の問題じゃねぇんだよ」

見た目の問題だ。そうエギエディルス皇子が言えば――

『えーーーーっ⁉』

小竜からは大ブーイングが。

自分の好きな幼虫をあげようとしたら、断られたのだ。人間みたいに不服そうに頬を膨らませていた。

「気持ちだけ――あ？」

気持ちはもらっておくと、エギエディルス皇子が言うが早いか、小竜はボトリとそれをバルコニーに置いて飛び去ったのだった。

「置いて行くんじゃねぇぇーーっ？」

エギエディルス皇子は絶叫した。

自分しかいないバルコニーで、ウネウネ動く幼虫。どうしたらいいのだと、愕然《がくぜん》とするエギエディルス皇子。


――だが、小竜が戻る事はなかった。

# あとがき

皆様、こんにちは。神山《かみやま》です。

本書を手に取っていただき、ありがとうございます。


ところで、皆様〝分蜂〟ってご存知でしょうか？

ザックリ言うと、蜂の引っ越しです。

春になると、テレビで中継される事もありますね。つい最近でも、人の行き交う歩道橋で蜂が集まってお団子になっている姿が中継されていました。

え、それが何って？

実は数年前、家の近くでも目撃したんですよ。その分蜂……。

朝、仕事に行く支度をしていたら、外からやけにブンブンと変な音が聞こえていたんです。それがまさか、蜂だとは思わず……ん？　何の音かなぐらいな感じでした。しかし、支度を終え玄関ドアを開けたら、目の前に真っ黒い塊と、行き交う大群が……！

「オーマイガー‼」

はち蜂ハチ‼

「どゆこと？」

驚き過ぎて固まりました。

玄関開けたら蜂が大群で飛んでいるなんて、想像出来るか！

まだこれが、ミツバチだったから良かったものの、スズメバチとかだったら危なかった。

さて、これが噂の分蜂かと納得した。で、どうしたらいいの？

「すみません。大量の蜂が家の前にいて、出勤出来ません」

と欠勤、あるいは半休するのは……ありなのか？　いや、ないだろう。

誰が信じてくれるのか、そんなウソみたいな真実。

「お前は何を言っている⁉」と言われる事間違いない‼

「世知辛い世の中だよね！」

ということで、私はその蜂の大群に身を投じたのでした。

幸い、刺されずに済みましたけど、かなり怖かったです。

換気ダクトにハチの巣が出来た時も、かなり驚きましたけど……皆様もお気を付け下さいませ。

本書を手に取って下さった皆様、改めてありがとうございました。

そして、今回も素敵なイラストを添えてくれた、たらんぼマン先生、ありがとうございます。楽しそうな感じが伝わってくる表紙で、すごく気に入っています。

コミカライズの作画を担当して下さっている朝谷先生、いつも美味しそうな料理や可愛いエギエディルス皇子をありがとうございます。エドの笑顔がいつも眩《まぶ》しい！

いつもお世話になっている担当様、校正して下さった皆様、本書に携わって下さった皆様に感謝を……ありがとうございました‼

カドカワBOOKS

聖女《せいじょ》じゃなかったので、王宮《おうきゅう》でのんびりご飯《はん》を作《つく》ることにしました 11

2024年 7 月10日　初版発行

著者／神山《かみやま》りお

発行者／山下直久

発行／株式会社KADOKAWA

〒102-8177
東京都千代田区富士見2-13-3
電話／0570-002-301（ナビダイヤル）

編集／カドカワBOOKS編集部

印刷所／暁印刷

製本所／本間製本



●お問い合わせ
https://www.kadokawa.co.jp/（「お問い合わせ」へお進みください）
※内容によっては、お答えできない場合があります。
※サポートは日本国内のみとさせていただきます。
※Japanese text only


Printed in Japan
ISBN 978-4-04-075532-8 C0093

# 新文芸宣言

かつて「知」と「美」は特権階級の所有物でした。

15世紀、グーテンベルクが発明した活版印刷技術は、特権階級から「知」と「美」を解放し、ルネサンスや宗教改革を導きました。市民革命や産業革命も、大衆に「知」と「美」が広まらなければ起こりえませんでした。人間は、本を読むことにより、自由と平等を獲得していったのです。

21世紀、インターネット技術により、第二の「知」と「美」の解放が起こりました。一部の選ばれた才能を持つ者だけが文章や絵、映像を発表できる時代は終わり、誰もがネット上で自己表現を出来る時代がやってきました。

UGC（ユーザージェネレイテッドコンテンツ）の波は、今世界を席巻しています。UGCから生まれた小説は、一般大衆からの批評を取り込みながら内容を充実させて行きます。受け手と送り手の情報の交換によって、UGCは量的な評価を獲得し、爆発的にその数を増やしているのです。

こうしたUGCから生まれた小説群を、私たちは「新文芸」と名付けました。

新文芸は、インターネットによる新しい「知」と「美」の形です。

2015年10月10日

井上伸一郎

# 水魔法ぐらいしか取り柄がないけど現代知識があれば充分だよね？

著 mono-zo　画 桶乃かもく

スラムの路上で生きる5歳の孤児フリムはある日、日本人だった前世を思い出した。今いる世界は暴力と理不尽だらけで、味方もゼロ。あるのは「水が出せる魔法」と「現代知識」だけ。せめて屋根のあるお家ぐらいは欲しかったなぁ……。

しかし、この世界にはないアイデアで職場環境を改善したり、高圧水流や除菌・消臭効果のあるオゾンを出して貴族のお屋敷をピカピカに磨いたり、さらには不可能なはずの爆発魔法まで使えて、フリムは次第に注目される存在に――!?

最底辺スタートな
転生幼女、
万能の「水魔法」で
成り上がる!?

王宮の本を読むため
官吏になったのに、
国の頭脳として
頼られています!?
「賢いヒロイン」
中編コンテスト
受賞作
コミカライズ企画進行中!
図書館の天才少女
～本好きの新人官吏は膨大な知識で国を救います!～
蒼井美紗　イラスト／緋原ヨウ
街中の本を読み切ってしまい、王宮図書館の本を求めて官吏となったマルティナ。読んだ本の内容を一言一句覚えている彼女は、その記憶力を発揮し周囲を驚かせていたが、ある日、不自然な魔物の発生に遭遇し……!?
カドカワBOOKS